CON EL ALMA
© Vicenta Urios Mollá
Diseño de portada: Dpto. de Diseño Gráfico Exlibric

Iª edición

© ExLibric, 2026.

Editado por: ExLibric
c/ Cueva de Viera, 2, Local 3
Centro Negocios CADI
29200 Antequera (Málaga)
Teléfono: 952 70 60 04
Fax: 952 84 55 03
Correo electrónico: exlibric@exlibric.com
Internet: www.exlibric.com

ISBN: 979-13-88079-92-4
Depósito Legal: MA 296-2026

Impresión: PODiPrint
Impreso en Andalucía – España

Nota de la editorial: ExLibric pertenece a Innovación y Cualificación S. L.

VICENTA URIOS MOLLÁ

CON EL ALMA

ExLibric

ANTEQUERA 2026

Andaluces de Jaén,
aceituneros altivos,
decidme en el alma quién,
quién levantó los olivos,
andaluces de Jaén.

No los levantó la nada,
ni el dinero, ni el señor,
sino la tierra callada,
el trabajo y el sudor.

Letra de la canción del grupo Jarcha (1976) en homenaje a su Jaén (con algunas correcciones).

Jaén es la capital de la provincia homónima, en la comunidad autónoma de Andalucía. Es conocida como la capital del Santo Reino.

Castillo de Santa Catalina, el lagarto de la Magdalena, los baños árabes, el Palacio de Villardompardo, la catedral de la Asunción de la Virgen y, muy importante, es la capital mundial del aceite de oliva.

Tiene varios gentilicios para nombrar a sus habitantes: jienense, jiennense, jaenés, jaenero, aurgitano.

El patrón de Jaén es San Eufrasio y su patrona, Santa Catalina de Alejandría.

Con calles empinadas y pronunciadas pendientes que definen su urbanismo, grandes tierras de cultivo, extensos olivares cubren gran parte de su término. Ha tenido gran importancia estratégica. Se encontraron en su núcleo urbano varios asentamientos de los más antiguos de Europa.

Introducción

En producción del aceite de oliva es la mayor productora mundial. Está el Museo Internacional y el emblemático Monumento a las Batallas que conmemora la Batalla de las Navas de Tolosa y la Batalla de Bailén, acaecidas en la provincia.

Sus fiestas más populares y representativas son las lumbres de san Antón, que se celebran en la noche del 16 al 17 de enero, y la Feria de San Lucas. Todos esperan su día grande, que es el 18 de octubre.

La Semana Santa de Jaén tiene una mención especial, declarada Fiesta de Interés Turístico Nacional, destacando una gran expectación la Procesión del Abuelo, durante la madrugada del Viernes Santo.

Jaén es una inmensa montaña leonada en la que destacan las viejas murallas árabes con sus líneas caprichosas.

Tiene varios pueblos importantes, como Cazorla, Úbeda, Baeza, Segura de la Sierra, Alcalá la Real, Alcaudete. Se tienen también por los más bonitos el Parque Natural de las Sierras de Cazorla, Segura y Las Villas. Iznatoraf, donde se encuentra la ermita del Cristo de Veracruz, es uno de los pueblos mágicos. Villatorres es un pueblo pequeño, pero bonito, desde este pueblo comienza la vivencia que se relata en estas páginas.

Esta historia podría ser una historia real, como habrá muchas parecidas, pero no es así, solo he tratado de imaginar la vida de una familia con sus alegrías y sus penas, con su suerte y su desgracia, pero pensada desde el corazón para quien quiera sentirse identificado con alguno de sus personajes. También puede ser que alguien se identifique con la situación y la ubicación de cada comentario, que se ha plasmado con cariño. Eso sería una buena recompensa.

1

El que no valora la vida no se la merece.

Villatorres, un pequeño municipio en el que nos situamos sobre los años 60-70, está situado a veintitrés kilómetros de Jaén.

María Catalina, Cata, es la protagonista de esta historia. La bautizaron con ese nombre en honor a la patrona de Jaén.

Cata, la segunda hija de una gran familia, nació, creció, disfrutó y fue feliz durante su infancia, rodeada de olivos.

No había demasiados niños de su edad en el pueblo de Villatorres, pero todos eran una piña, jugaban, reían, inventaban juegos, a veces iban con los padres a los olivares, eran muy felices.

Luisito, Sito, era su mejor amigo, siempre iban juntos.

Los hombres mayores jugaban a las cartas y al dominó, era costumbre en el pueblo. Aunque no había bares, en cualquier esquina se sentaban para jugar un rato, estaban todo el día esperando que llegase la hora de la partida.

Los más pequeños tenían e inventaban sus propios juegos.

Sin duda, Cata era la líder, la que todo lo tenía calculado de antemano, pero se llevaba muy bien con todos, pequeños y grandes.

Tenía una idea muy clara desde pequeña, siempre decía: «Yo seré médico». Ese era su anhelado futuro, pero le faltaba hacer muchas cosas para poder cumplir su sueño. Sin saber la lucha que tendría que soportar en su vida, era la más decidida, la más valiente y luchadora de todos los hermanos.

De los cinco hermanos que eran, el primero, Tonín, que quería ser arquitecto para diseñar muchas casas bonitas, lo que había visto en libros, porque ninguno de ellos había salido de su pueblo; la segunda, Cata, que no tenía ni idea del peso que tendría que soportar hasta poder alcanzar sus sueños, tampoco sabía la carga que le esperaba y lo que tendría que soportar, a diferencia de sus hermanos, ni siquiera imaginarlo; Isidoro, el tercero, no quería irse del pueblo, ese disfrutaba con sus costumbres, solo pensaba que él quería trabajar con su padre en la tierra de olivares heredada de su abuelo, eso era su vida; el cuarto, Manuel, y la quinta, Luz María, que eran aún muy pequeños para tomar ese tipo de decisiones.

Cata era el alma y ama de casa, cuidaba de sus hermanos, de la casa, compraba, preparaba las comidas, era la madre para todos, ya que los padres partían hacia los olivares apenas hacerse de día y volvían cuando anochecía. Ella ya había preparado la cena para todos, había acostado a los más pequeños y tenía a punto en las fiambreras la comida para que sus padres se la llevaran al campo cuando se levantasen. Durante el resto del día, arreglaba todo, lavaba toda la ropa y la tendía, en fin, era una madre pequeña.

Esto era en verano, que no tenía que llevar a nadie al colegio.

A pesar de todo y sin intención de dejar desatendido a nadie, ella seguía con su idea, con su mayor ilusión, la de ir a la Universidad y conseguir llegar a ser un buen médico.

A finales del verano llegó el momento en el que Cata empezaba a prepararse todo lo que necesitaba para cuando llegase el día de marcharse hacia la universidad. Con mucho interés y mucha alegría, preparó lo que necesitaban los hermanos pequeños y después, muy satisfecha, empezó a preparar sus cosas.

Aún faltaba mucho verano por disfrutar, pero a ella le gustaba tenerlo todo preparado y a punto, con tiempo de sobra. «Por si acaso», decía siempre.

Siguieron pasándolo bien y disfrutando el final del verano, conscientes de que cuando se marchasen se les haría el tiempo muy largo, hasta regresar al pueblo.

El pueblo era pequeño, pero bonito, todos adoraban Villatorres, claro que la mayoría nunca había salido de allí, no conocían otros lugares, tenía una plaza donde se reunía la gente del pueblo.

Los mayores jugaban a la petanca, a los niños cualquier cosa les servía para jugar y ser felices.

En el pueblo solo había una tienda, donde encontrabas de todo, escobas, hilo, jabón, zapatillas, lápices, un surtido muy variado, pero la gente se apañaba, estaban contentos, a veces iban más por la tertulia que por la compra en sí.

Cata era muy lista. La vida le había enseñado mucho. Educada, agradable, muy guapa, muy inteligente, no conocía el rencor, ni los celos, ni el odio. Fue la primera en partir, con mucho dolor en el corazón, pues era la primera vez que salía de su pueblo, pero muy concienciada de que debía hacerlo.

No quería que sus padres sufriesen su marcha, así que utilizó su maravillosa sonrisa y sus lágrimas las soltaba hacia dentro. Todos iban a notar la falta de Cata, pues era el pilar de la familia.

Por sus notas, tenía muchas opciones de elegir universidad, pero ella siempre pensó que iría a la Universidad de Medicina de Sevilla. Considerada entre las quinientas mejores a nivel mundial.

Todo preparado y llegado el momento de despedidas, de lloros, de promesas, con el corazón dañado, pero a la vez con muchísima ilusión, comenzaba una nueva etapa de su vida, que ella no podía ni imaginar cómo sería.

2

Esos días próximos al comienzo del curso eran puro ajetreo, estudiantes perdidos preguntando, intentando coincidir con compañeros de curso, buscando piso para compartir con otros estudiantes, compras de material, apuntes, una locura, pero una locura muy deseada.

La familia de Cata procedía de una clase media-baja, ella estaba acostumbrada a todo, había hecho de niñera, ama de casa, cocinera, en fin, todo lo que se necesita saber para sacar una familia adelante y saber defenderse en la vida, pero no abusó para nada, cuando dejó su casa se fue con el dinero justo que llevaba meses ahorrando, porque ella ya tenía pensado buscarse algún trabajito para sus gastos, pues pensaba en las bocas que aún habían quedado allí y tenía claro que debía valerse por sí misma.

Al día siguiente de llegar recordó que con todo el ajetreo de la llegada, buscar piso, instalarse, etc., no había llamado a sus padres para decirles que el viaje estuvo muy bien y contarles que ya estaba en el piso que habían alquilado entre cuatro estudiantes.

Fue lo primero que hizo y ya empezaron con todo lo que conlleva una vivienda con personas de diferentes lugares y sin conocerse de nada. Los estudiantes eran María, Quique, Valeria y Cata.

Era un piso con tres habitaciones, pero enseguida encontraron la solución, dispusieron dos habitaciones individuales para María y Quique y la más grande la hicieron doble para Valeria y Cata. Repartieron el trabajo del piso para que quedara todo solucionado y no tuviesen ninguna duda. Cata siempre por delante en todo y no porque quisiera ser protagonista de nada, sino porque estaba como en su casa, acostumbrada a hacer ella todo lo que hacía falta, para los demás era todo una gran montaña.

La compra sería para Quique y María. En la limpieza colaborarían todos cuando pudiesen, pero cada uno se encargaría de su habitación; no obstante, la encargada de controlar el asunto de limpieza acordaron que sería Valeria y, como no podía ser de otra forma, porque nadie sabía hacerlo, la cocina era entera para Cata. Ella preparaba desayunos, almuerzos, comidas y cenas, controlaba la cocina como si aquello fuese un hotel.

Terminado el orden, selección y distribución de cargos, cayeron todos de cabeza en sus respectivas camas, porque estaban agotados de tener que solucionar todo en un solo día.

Al principio a Cata le quedaba un poco grande la vida universitaria, no estaba acostumbrada a tanta libertad como ella veía en los demás estudiantes, que salían por las noches de fiesta, se liaban unos con otros, pero pronto se adaptó a respetar lo que veía en los demás. Aceptó que cada uno viviese su vida como quisiera, ella era muy fiel a sí misma y nunca tuvo discusiones con nadie, por el momento era feliz a su manera y estaba cumpliendo su sueño.

Llegó por fin el día. Comenzaba el primer día de universidad, un poco de caos, pero nada que no se pudiese solucionar.

Desde el primer momento Cata fue el centro de atención de todos los estudiantes, era muy guapa, morena, melena larga y ojos verdes, como sus olivares.

Todos se disputaban el lugar del aula más cercano a Cata, pero ella pronto empatizó con todos y toda la universidad tenía los ojos puestos en Cata.

Cata se acostumbró a llamar a sus padres dos veces por semana, no había comentado nada, pero tenía una pena por dentro que tenía claro que debía solucionar.

Tenía miedo, no sabía cómo hacerlo, pero Cata llevaba en su corazón a Sito, su amigo del alma desde pequeños, que se habían jurado miles de veces amor eterno, pero Cata, que era medio bruja, porque nunca fallaba en sus presentimientos, pasó del amor a la preocupación, hacía muchos días que no tenía ninguna noticia suya.

Ella no sabía cómo actuar, ni se atrevía a compartirlo con nadie.

Un día de los que llamaba a su casa se atrevió y le preguntó a su madre por Sito, su madre sin darle más importancia le dijo:

—Sito se casó con una chica del pueblo a la que había dejado embarazada.

Cata quedó helada, apenas le salieron dos palabras para despedirse de su madre.

Ese momento cambió la vida a Cata.

Todos los compañeros notaron una preocupación en ella que no era normal. Se la veía más triste, pero nadie se atrevió a decirle nada, respetaron su espacio.

La educación de sus padres y de la vida misma fue una gran lección aprendida por Cata, pasaban los días y le costaba aceptar la noticia que le dio su madre. Los que más notaban el cambio fueron los compañeros de piso, Quique, que desde el primer día que vio a Cata quedó prendado de ella, nunca le dijo nada, pero de todos los compañeros era el que estaba más pendiente de ella, le ayudaba, la mimaba, cuando tenían algún rato libre en los estudios, que no eran muchos.

Quique intentaba que saliesen un rato al parque de enfrente o a dar un paseo para animarla y con el tiempo comenzaron a confiar más el uno en el otro y se fueron uniendo más, parecían felices juntos.

Cata estaba más contenta, pero lo bueno y bonito no duró mucho, al día siguiente recibió una llamada de su hermano mayor dándole la fatal noticia del fallecimiento de su padre.

Cuando regresaron del campo el padre no se encontraba bien, su esposa le hizo una infusión, pero no le dio tiempo a tomarla, cuando sacaba la infusión vio que estaba en el suelo y no respondía a nada, ni a su voz ni a los zarandeos que le daba, salió corriendo a la calle pidiendo ayuda.

Cuando acudió la gente ya habían llamado a una ambulancia, pero ya no pudieron reanimarlo, solo pudieron confirmar el fallecimiento, les dijeron que fue un infarto fulminante, que no se podía hacer nada.

La mujer se quedó sentada en la cama y no podía articular palabra, ni soltar ni una lágrima, quedó bloqueada.

También Cata quedó sin poder creer lo que su hermano le estaba contando, este era el primer golpe duro que Cata recibía en su persona. Quique se percató de que algo ocurría y se apresuró a acercarse a su habitación. Le costó hasta que pudo hacerla reaccionar y entonces le contó lo que había ocurrido.

Aunque sabía que no era el momento, la abrazó consolándola y le dijo que podía confiar en él para todo lo que necesitara y sin poder evitarlo le dijo que la quería desde el momento que la conoció y que estaba enamorado de ella, que lo tendría para siempre.

Le ayudó a empacar lo justo y la acompañó a la estación de autobuses, despidiéndose los dos con un fuerte abrazo que a Quique le llegó al alma.

Pero Cata, aunque agradeció la atención de Quique, tuvo una sensación que no sabía cómo catalogar, era como un presentimiento que la dejó con algunas dudas, aunque ella misma se decía que eso serían cosas suyas, por el nerviosismo que estaba atravesando.

Por fin salió el autobús. Las horas hasta llegar se le hicieron eternas a Cata, por fin leyó en la carretera una señal que indicaba que faltaban diez kilómetros para Villatorres, ahí ya se multiplicaron los nervios y ella, que era tan correcta, tan metódica, tan perfecta, ya se había quebrado por el motivo tan trágico que la llevaba de regreso a su pueblo.

La parada del autobús estaba en la plaza del pueblo, paró y ella bajó rápidamente, se encontró a su hermano mayor y a unos primos que estaban esperándola, besos, abrazos y lloros, ella solo quería saber qué había ocurrido, cómo había sucedido, al final su hermano la convenció de que llegaran a casa y allí hablarían con más calma.

Ella estaba deseando ver a su madre y a sus otros hermanos, al llegar a casa, su madre y ella se fundieron en un abrazo y se volcó para despedirse de su padre.

Estaba la casa llena de gente acompañándoles en el velatorio, las vecinas, como sigue siendo costumbre en los pueblos, les pasaban café y leche o infusiones para quien quisiera tomar algo, porque se está toda la noche velando.

El entierro era por la mañana a las once y Cata, aún cansada del viaje y de atender a la gente, dispuso toda la ropa que necesitaban su madre y sus hermanos para el entierro. Lo dejó todo a punto y volvió al velatorio. Aunque trastornada no se olvidaba de nada, sobre las cinco o seis de la mañana la gente ya se iba marchando a sus casas, hasta la hora del entierro. Ellos quedaron allí más tranquilos, algunos hasta cerraron los ojos y llegaron a dormir un rato, que sería como mucho media hora, pero les pareció una noche entera.

Cata empezó a preparar desayunos en la cocina, para que desayunasen todos antes de que empezase a llegar la gente. En los pueblos esas costumbres son sagradas. Cuando fue la hora se celebró la misa funeral y a continuación todos se dirigieron acompañando a la familia al cementerio, donde se le dio sepultura.

Durante el camino Cata se percató de que a un lado, apartado, iba también Sito, pero ni se acercó a ella, ni les dio el pésame ni nada, ella no esperaba esa reacción, pero no dijo nada a nadie.

Volvieron a casa y se sentaron todos para comentar y hablar de lo sucedido y de cuánto tiempo se iba a quedar cada uno, en fin, lo lógico en un caso así.

La madre habló dirigiéndose a todos y les comentaba que el trabajo realizado por su padre durante toda su vida había finalizado.

Su cuerpo dijo que llegó el momento de descansar y así ocurrió. Ahora quedaba el hermano que trabajaba en los olivares con el padre, su madre que iba a ayudarle cuando podía y los pequeños. El arquitecto y Cata al día siguiente tenían que volver a su trabajo y a la universidad.

Al atardecer Cata quiso salir de forma desapercibida a dar una vuelta, como queriéndose despedir del pueblo, pero no se esperaba lo que le sucedería.

De repente y como saliéndole al encuentro vio frente a ella algo que se le venía encima, el corazón se le salía del cuerpo, un susto de muerte se apoderó de ella, se tapó la boca con la mano para que nadie la oyese gritar. Cuando hubo reaccionado y empezó a respirar se dio cuenta de que esa cosa que imaginó era simplemente su amigo de la infancia, Sito, que observándola cuando salió de casa la siguió y aprovechó una calle apenas iluminada para salirle al encuentro. Se miraron, pero no se saludaron, a Cata al principio no le salían las palabras por la boca y Sito, altivo y como si no hubiese pasado nada, se dirigió a ella diciéndole que él la seguía queriendo, que podían intentar estar juntos, que su mujer cuando la niña tenía un añito se fue con su hija y no supo más de ella, intentó de todas las formas posibles convencerla para que se fuera con él.

Cata se quedó tan conmocionada que le costó empezar a hablar, pero con una gran entereza tenía muy claro lo que le quería decir. Primero educadamente le saludó y como si lo tuviese anotado en su lengua le soltó de un tirón algo que había pensado muchas veces, tantas que lo aprendió de memoria.

—¿Todavía me recuerdas? Pensaba que ya me olvidaste hace tiempo, qué lejana queda la juventud gastada, recuerdos casi olvidados, nostalgia de un cuerpo que ya no recuerda lo que un día fue, ni con quién pasó su infancia.

Se quedó tranquila después de decirle lo que quería que oyese, Sito se quedó anonadado, en su interior pensaba que con cuatro carantoñas haría que se convenciera de volver con él, pero eso no entraba en los planes de Cata, que ya tenía sus ideas muy claras, le dijo:

—Te deseo que tengas mucha suerte en la vida, yo ya he superado el sufrimiento que me causaste y gracias a Dios encontré a la persona que pienso que merezco.

Dio la vuelta y como con una sensación de más ligereza marchó para su casa, había que madrugar para terminar de preparar la maleta y despedirse de todos, antes de que partiera el autobús.

La despedida de su madre y hermanos fue dolorosa, pero era lógico que fuese así, desde la ventana del autobús aún estaba Cata dándoles instrucciones a sus hermanos, menos al mayor, que había salido su autobús una hora antes.

Durante el viaje estuvo todo el tiempo pensativa y dándole vueltas a algo que quería solucionar nada más llegar, se lo había prometido a ella misma, pues sabía que si no, no lograría nunca ser feliz.

Por fin llegó el autobús, Quique estaba esperándola, al verlo a Cata le saltaron las lágrimas y sin pensarlo soltó su maleta y se fundió en un gran abrazo con Quique, este se quedó helado sin saber cómo reaccionar, pues es lo último que podía esperar.

Antes de irse al piso con los demás compañeros, Cata insinuó que podían tomar algo, pero lo que más le importaba era hablar a solas con Quique y quitarse el peso que llevaba encima.

Le contó el viaje y por encima todo lo que ocurrió, pero como él antes de irse le había declarado su amor, Cata se sentía culpable y se tenía que aclarar y dar el visto bueno a sus pensamientos, comenzó a contarle a Quique que tenía que decirle algo y que la perdonara.

A Quique se le nubló la vista pensando que le iba a dar algún disgusto o que había pasado algo que los separaría.

Se le secó la boca y cambió el color de su cara, ella sonrió al darse cuenta y se le acercó para poder tocarle su mano, como agradecimiento, y siguió contándole su vida y misterio con Sito en el pueblo desde pequeños, y siguió hasta el momento en el que su madre le dio la noticia de lo que había ocurrido con Sito (sin decirle nada se casó con una chica del pueblo a la que dejó embarazada, Cata no sabía nada). Ahí entendió Quique el cambio de Cata, bueno, él y todos, pero nadie sabía a qué era debido.

Después de un rato hablando y aclarando cosas, el que empezó a reír fue Quique, quien le explicó que eso era algo lógico de la juventud y simplemente era una anécdota más, que no le diera más importancia porque no la tenía y aunque la hubiese tenido a él no le importaba en absoluto porque él tenía lo que más quería en el mundo, que era a ella.

Cómo quedó de sorprendido al ver lo que ocurrió a continuación, que no lo esperaba ni en sueños. Sin decir ni una palabra, Cata le cogió la cara y le dio el beso más dulce y maravilloso del mundo, su primer beso, beso.

Estaban en pleno curso en la universidad, los exámenes ahí, los nervios a flor de piel, cada uno en su habitación empapándose letra por letra cada palabra de los libros y apuntes, dormían menos horas para estudiar más, querían aprobar todo para que cuando llegaran las vacaciones pudieran disfrutarlas, pero para ello tenían que aprobar todo, su sacrificio era el máximo.

Vivían en el mismo piso y había días que no se veían hasta la hora de cenar y después del café para aguantar un poco más el sueño y seguían con el estudio hasta quedar dormidos. Pocas horas, porque no tardaba mucho en sonar el despertador, pero sabían que quedaba muy poco y había que conseguirlo.

A Cata le quedaban tres exámenes para terminar el tercer año de medicina, quería pensar en muchas cosas, pero tuvo que aparcar ese tema porque sabía que lo importante era terminar el curso con las mejores notas posibles. Quique por su parte también tenía proyectos que aún no habían puesto en común.

Continuaban avanzando los días y ya llegó. El último examen era al día siguiente. Se avecinaba una noche de nervios, ansiedad, con sueño, pero sin poder dormir. De puro cansancio se le cerraron los ojos a Cata y consiguió dormirse, pero al poco rato ya le sonó la alarma.

Una buena ducha, desayunaron porque Cata era una persona de costumbres y tenía preparado el desayuno para todos y se desearon todos mucha suerte.

Cata fue a vestirse, coger la mochila, preparar todo, percatarse de que no se le olvidaba nada y hacia la universidad, sin pensar en otra cosa que preguntas posibles del examen.

Al llegar se dirigió al aula. Los cotilleos de última hora, los compañeros discutiendo porque todos querían sentarse lo más cerca posible de Cata.

Entonces a los pocos minutos comenzó el examen, desaparecieron los nervios de Cata como si se hubiesen esfumado en el aire. Cata parecía que flotase en el aire, no notaba ni el suelo ni nada de nada, solo veía el papel del examen, repasó y repasó cada pregunta, hasta que fue el tiempo permitido para terminar.

No convencida del todo, quería repasar todo otra vez, pero el tiempo había finalizado y tras un aviso fueron saliendo del aula después de entregar su examen.

Entonces llegó el bajón de los nervios acumulados. A la salida del aula todo eran abrazos, besos, risas, intercambios de las respuestas de cada uno, más nervios y una gran satisfacción de haber terminado el curso.

Todos celebraron el fin de curso, excepto Cata, que no fue a la fiesta que organizaron, porque ella pensaba que su madre ya estaba mayor para trabajar en el campo y su hermano se encargaba de todo, aún quedaban los pequeños y el ahorrarse el dinero de la fiesta, el dinero para comprarse un vestido y zapatos para la ocasión, que no tenía, para ella era más importante y le hacía más ilusión mandárselo a su madre que ir de fiesta, cosa que no echaba de menos porque tampoco estaba acostumbrada.

Ya tenía apalabrado un trabajo en un horno-pastelería cerca del piso donde vivían para parte del verano, dejándose unos días pensando en poder llevarle a su madre todo lo que pudiese y así lo hizo.

Por otro lado Quique marchó de vacaciones con su familia, pensaban ir unos días a Italia, pero Cata se percató de que no sintió un entusiasmo sincero en la despedida por parte de Quique, pero bueno, pensó que era cosa de los nervios de última hora y no le dio más importancia.

Cata trabajó sin descanso casi todo el verano y aún le sobraron unos días para ir al pueblo, que eran las fiestas, y ver a todos los suyos que nunca olvidaba, llevando en un papel de periódico muy bien liado todo lo que había ganado trabajando ese verano para dárselo a su madre.

Durante el curso ella se mantenía con lo que ganaba haciendo apuntes y alguna hora que sacaba para dar clases particulares a tres niños. Para ella era suficiente.

Cata estaba algo triste y preocupada porque Quique no la había llamado en todo el viaje, pero ella lo sufría en silencio, utilizaba su sonrisa como moneda de cambio para que nadie se diera cuenta de nada, pero en el fondo ella tenía una conversación a todas horas con ella misma.

Quique llegó de sus vacaciones con la familia y en cuanto pudo fue a ver a Cata, puesto que al llegar se quedó en casa de sus padres, al día siguiente fue a Sevilla al piso que compartían los cuatro estudiantes, se saludaron, no demasiado efusivamente, y Quique empezó a contarle cosas del viaje y sobre Italia, que le encantó, estuvieron como dos horas o más hablando y al final se animó a contarle la principal noticia, que le costaba hacerlo porque no sabía cómo empezar.

Empezó diciéndole que sus padres y también él habían tomado una decisión. Valorando pros y contras al final la decisión fue tomada y le contó que el próximo curso lo estudiaría en EE. UU. y finalizaría allí la carrera.

Cata se entristeció un poco, pero no dejó que Quique lo notase, puesto que ella ya llevaba tiempo pensando, aunque le quisiera mucho, que Quique no sería para ella, era muy madura y realista.

Estuvieron todo el día juntos, pero ese mismo día al atardecer Quique ya recogió todas sus cosas, hizo la maleta y ya se marchó a su casa para terminar los preparativos del viaje, como si fuese normal y después de tanto tiempo juntos, con una despedida decepcionante para Cata, que reflexionó y pensó que si tenía que ser así, era por algo, todo sucede por algo. Cata habló consigo misma y se dijo: «La reflexión calmada y tranquila desenreda todos los nudos» (Harold Macmillan).

La experiencia de los días en el pueblo le resultó muy placentera, aunque corta, pero es lo que había necesitado para percatarse de que estaba todo en orden y seguir en paz con ella misma, y ver a sus amigas de siempre y toda la gente conocida, que por cierto, todos la adoraban.

Tenía muy claro que en cuanto tuviese vacaciones o días libres volvería a Villatorres, su querido pueblo, los recuerdos la acompañaban siempre y siempre le faltaba algo cuando empezaba a pensar todo lo que había pasado durante todo el tiempo que vivió en el pueblo.

Ya con tristeza, pero muy satisfecha, tuvo que prepararse para empezar al día siguiente en la universidad, empezó el cuarto curso de medicina y todos en la universidad continuaban adorando a Cata, aunque ella era muy sentimental, pronto supo guardar sus sentimientos, que no olvidarlos, y transcurrían los días estudiando, sabía que tenía que aprobar sí o sí, porque no olvidaba ningún día que en el pueblo estaba su madre, el hermano que trabajaba las tierras y los otros dos más pequeños, el mayor seguía con sus estudios en su universidad y ella trabajaba los fines de semana para sus gastos y mandarle lo que podía a su madre.

Gracias a una vecina que siempre habían estado juntas, eran más que familia, pues atendía a su madre cuando estaba enferma, controlaba cuando podía a los dos pequeños, que ya casi eran adolescentes y estaban en una edad difícil, Cata estaba muy agradecida con lo que hacía la señora Juanita por su madre, le daba bastante tranquilidad.

Se iba dando cuenta de que su madre estaba cada vez más sola y más mayor y su preocupación la llevó a hablar con sus hermanos y acordaron entre todos que siguiese la señora Juanita, pero a tiempo completo, que su madre necesitaba una persona que estuviese con ella, le ayudase y sobre todo que le hiciese compañía, y qué mejor que, para tener que pagarle a alguien que no conociesen, hacerlo a la señora Juanita, su vecina.

Por el momento quedaron más tranquilos, sobre todo Cata en ese aspecto, y su madre también estaba contenta porque se conocían desde que la señora Juanita fue a vivir a su pueblo y justo en la casa vecina.

Así seguían pasando los días, a su madre le faltaba ir a ayudar al hijo a los olivares, pero tuvo que convencerse de que esa etapa de su vida ya se acabó, ahora cuando estaban preparadas se dejaban a punto la comida y tenían las tareas hechas, salían todos los días a dar un paseíto y tomar el sol, Apolina deseaba ver el verde de sus olivares, era como ganarle un poco de tiempo a la vida, pero no siempre que quería podían hacerlo, porque ella estaba cada vez más delicada, pero Juanita la cuidaba muy bien y sabía cómo entretenerla.

Este último curso de la universidad pasó muy rápido, le demostró aún más que cada día adoraba más la carrera que había elegido, aprovechaba el tiempo de estudio al máximo, consciente del sacrificio que ello significaba, pero adoraba la elección que había tomado, era optimista, se preocupaba por todos, pero sin dejar su optimismo por conseguir lo que era su sueño.

Pero pronto llegó otro gran golpe, cuando Cata pensaba que ya iba conociendo lo que era la felicidad, cosa que nunca supo con plenitud, recibió la triste noticia de que su madre había fallecido, no pudo superar una neumonía y se fue apagando hasta que un día cerró los ojos y descansó para siempre de una vida llena de trabajo y penalidades.

Llamaron a Cata y ella contactó con todos los hermanos para tener la certeza de que todos estaban enterados de lo sucedido, inmediatamente cogió lo justo en su maleta y partió hacia su pueblo, su querido pueblo, donde había vivido una feliz infancia y una ocupada juventud, pero al igual que sus padres ella adoraba a su pueblo y aunque por los estudios tuvo que salir de él, siempre lo llevaba en su corazón.

Todos los hermanos acudieron a tiempo para el entierro de la madre, Cata ultimó todos los detalles y trámites que hacían falta, ya con todo solucionado llegó la hora de hacer la misa de difuntos a su madre y a continuación darle sepultura en el cementerio del pueblo, cuando terminó el entierro despidieron a todos los que les habían acompañado y ellos, con tristeza, también abandonaron el cementerio.

Cata pensó que ya que su madre descansaba en paz era el momento de reunirse todos en la casa de sus padres, porque intuía que a partir de ese momento sería muy difícil ponerse de acuerdo para reunirse todos y había que solucionar varios asuntos.

Así lo hizo, les dijo a los hermanos que tenían que hablar y solucionar todos los papeleos de la herencia antes de que cada uno se marchase a seguir con sus vidas. Cata hizo café y calentó leche, porque pensó que estarían bastante tiempo para solucionar todo.

Isidoro siguió trabajando las tierras, se había casado con una chica del pueblo, Tonín ya estaba trabajando en un gabinete de arquitectos, muy a gusto por cierto, los pequeños Manuel y Luz María les faltaban aún dos cursos para poder acceder a la universidad, pero ya eran suficientemente mayores para hacer sus gestiones y trámites. Aun así Cata no estaba tranquila y decidió hablar con todos los hermanos y solucionar el testamento de sus padres, para que así pudiesen cada uno tener más seguridad y saber de qué disponía cada uno.

Costó ponerse de acuerdo, pero al final, aprovechando que todos se reunieron en la casa de sus padres, cada uno comentó lo que pensaba y, como no, Cata quiso rematarlo bien para luego ir a la notaría y dejar las cosas bien hechas.

3

Así es como comienzan a romperse las familias, con los desacuerdos de las herencias. Tonín, el arquitecto, y Cata estuvieron de acuerdo en que la casa de sus padres, donde habían vivido todos, fuese para los pequeños Manuel y Luz María, puesto que estaban todavía empezando la vida adulta y pensaban que sería difícil que los demás volvieran a vivir al pueblo. Al menos los pequeños tenían algo propio para comenzar sus vidas.

El problema llegó a la hora de hacer particiones de los olivares. Eran varios campos, pero nadie esperaba que Isidoro se negara a tener que hacer partición de los olivares, puesto que decía que los campos los habían trabajado primero su padre y él y, cuando falleció su padre, él se había encargado de todo, cosa que era cierta, pero egoístamente sus hermanos merecían una parte que al final no compartió con ninguno.

Tonín y Cata son los únicos que quedaron sin nada de sus padres, pero su educación les permitió dejar perder antes de que riñesen los hermanos. Aquí empezó a distanciarse la familia, cada uno siguió su camino, pero Cata nunca dejó de estar en contacto con los pequeños.

Con mucho sacrificio, Cata finalizó sus estudios, con unas notas impecables, puesto que su puntuación extraordinaria le dio opción a quedarse directamente en el hospital de Sevilla para hacer las prácticas. Cada vez conocía más gente y todos estaban encantados con ella, con su uniforme, su tez morena, su melena negra y sus ojos verdes. No había nadie en el hospital que no se volteara para mirarla, pero ella no le daba ninguna importancia, es más, después de los desengaños llegó a pensar que ella no tendría nunca una pareja.

Aprendía con una habilidad pasmosa, dejaba a todos los superiores anonadados, con la boca abierta. Cuando tenían que hacer alguna intervención no demasiado complicada, los cirujanos le pedían si quería ayudarles, por supuesto aceptaba inmediatamente. Iba superándose a la velocidad del rayo, muchos cirujanos le dejaban que hiciese ella sola alguna operación y quedaban maravillados de ver cómo trabajaban sus manos. Cata estaba cada vez más contenta de haber cumplido su sueño, el que tenía desde niña, ser médico.

Como pensaba que su corazón no lo iba a querer nadie, decidió especializarse en cirugía, se convirtió en una gran cardióloga, empezó a viajar con grandes cirujanos a otros países, másteres, todo lo que pillaba ya no se le olvidaba. Todos los que la veían trabajar sabían que esa doctora llegaría muy lejos y no se equivocaban, en poco tiempo era ya una famosa cirujana con su propio equipo.

En una de las pocas guardias que hizo, pasada la medianoche, empezó un revuelo, las urgencias colapsadas, gritos, todos acudieron. Se trataba de un accidente, un chico joven, la ambulancia que lo llevó dijo que era un infarto y los habían llamado de un pueblo de Jaén, llamado Villatorres. Ella se apresuró al oír el nombre a acercarse y, cuando vio al paciente, se le heló la sangre. No dijo nada, solo dio la orden de que lo prepararan todo y lo llevaran al quirófano dos, que sabía que estaba recién desinfectado.

Nadie supo nada hasta después de la operación, que, por cierto, a pesar de lo que opinaban otros médicos, salió todo bien. El paciente al que había salvado la vida era su hermano Isidoro, que su mujer, al ver que tardaba más de la cuenta en regresar del campo, fue a buscarlo y estaba inconsciente en el suelo, lo llamaba, lo movía, pero al no ver respuesta fue corriendo al pueblo a buscar ayuda. Desde allí llamaron a una ambulancia y volvieron corriendo hasta el olivar, donde estaba igual que lo dejó su mujer. Desde la ambulancia ya intentaron varias veces la reanimación, pero no había respuesta, llegaron con la sirena durante todo el camino sin resultado positivo alguno.

Mientras tanto, la doctora Cata, con todo su amor, se concentró para que todo saliera bien. Los otros doctores que entraron en el quirófano por si hacía falta ayuda se miraban unos a otros, pensando que no lograrían reanimarlo. Las constantes no respondían, estaba muy mal. Cata solo pensaba que tenía que salvarlo. Empezó a remover arterias, a cerrar vasos, mandó que le pusieran una bolsa de sangre 0+, le colocó varios catéteres y, después de más de dos horas, por fin todas las máquinas emitieron otro sonido que hizo que todos respiraran. Cuando acabó la intervención, Cata estaba agotada más por los nervios que por el trabajo. Uno de los cirujanos compañeros que estaban en el quirófano se acercó a la doctora:

—¿Quieres que termine yo de coser? Estás agotada.

Cata se volvió:

—Sí, gracias. Es mi hermano.

Todos los que estaban en el quirófano se quedaron blancos, sin habla.

Pronto corrió la noticia por el hospital, todos comentaban lo ocurrido, hasta que llegó a oídos del director del hospital, quien hizo llamar a Cata para hablar con ella. Ya sabía a lo que iba, pero no le importó aunque le pusieran una sanción o la expulsaran de su puesto de trabajo, pero había salvado a su hermano, y esa habilidad innata que tenía y ese corazón lleno de amor y de fe por todo y por todos era lo único que en ese momento le importaba.

El director del hospital primero le pidió que le contara todo lo ocurrido y así lo hizo, sin omitir nada. Él la felicitó primero y luego le dijo que había sido una inconsciente y atrevida, pero que si había decidido hacerlo es porque sabía y tenía muy claro lo que debía hacer, pero que preferiría que en otra ocasión no actuase de la misma forma.

El prestigio de Cata cada vez era mayor, la llamaban de otras ciudades y de otros países para dar conferencias, incluso para solucionar casos graves. Habían venido con aviones privados para que llegara a tiempo de operaciones que se habían complicado y nada más terminar la regresaban a su hospital.

El tiempo iba pasando y Cata iba adquiriendo cada vez más experiencia, más disciplina y más éxito en su delicado trabajo. Los compañeros la llamaban el ángel de los quirófanos, todos la querían y respetaban, la admiraban y le tenían una envidia sana, porque era cada vez más todo un prodigio.

Después de permanecer casi dos meses en el hospital, Isidoro, el hermano de Cata, recibió el alta médica, no sin entregarle antes un montón de medicación y unas recomendaciones importantísimas, porque estaba vivo porque Dios quiso y por la gran habilidad de su hermana.

Cuando llegó a casa con su mujer y sus dos hijos, lo primero que hizo fue replantearse la vida, puesto que cerca de la muerte ya había estado. Entonces recapacitó mucho sobre la vida que había llevado hasta el momento y, con todas las reflexiones que hizo, comprendió que no había actuado como debía haberlo hecho. Le pasaron mil cosas por la cabeza, que se repetía y volvía a repetirse.

Decidió tomar una línea de vida diferente, llamó a todos sus hermanos y, cuando estuvieron todos dispuestos por su trabajo, un domingo del mes decidieron acudir todos a la casa de sus padres en el pueblo para hablar todos los hermanos.

Cata, previsora como siempre y sin saber el tiempo que podía durar aquel encuentro, preparó comida para todos, hizo una sopa, empanadas, arroz con leche y fruta.

El hermano que los convocó a todos sintió la necesidad de ser él el que empezara a hablar. Planteó a todos, pidiendo primero disculpas, que la reflexión sobre lo que le había ocurrido le había servido para darse cuenta de que se había equivocado, que quería arreglar bien las cosas.

Calculando el coste de la finca de los olivares y cómo se hizo el reparto, ahora entendía que no era lo más apropiado que se debía hacer. Todos los hermanos debían de tener, de un modo u otro, algo, los dos hermanos pequeños también se marcharían a Jaén para seguir con sus estudios.

Isidoro, aunque por motivos de salud no podía ya trabajar los campos, decidió quedarse en el pueblo. Hicieron una partición equitativa, después se dieron la oportunidad de que, si a algún hermano le interesaba comprar la casa, estaba ahí la opción. Todas las tierras se arrendaron y se dividían las ganancias a partes iguales entre todos. Estuvieron todos de acuerdo con esa determinación y así se hizo, pero Cata, que nunca dejaba nada a medias, determinó que antes de irse había que dejar todo arreglado.

Cada uno opinó y empezaron a pensar que era la mejor opción. Todos convencidos, cada uno fue partiendo hacia su destino, menos Cata, que pensó en quedarse unos días más para ver cómo funcionaba todo y terminar de hacer todos los trámites, que no eran pocos, para que pudieran repartir la herencia de forma apropiada.

El hermano mayor, Tonín, tuvo que trasladarse por motivos de trabajo a Alemania, puesto que era una multinacional y ahora lo necesitaban allí. Los pequeños estaban en sus respectivas universidades, Isidoro, que solo iba a los olivares para ver cómo estaban trabajando, no podía hacer otra cosa, por prescripción facultativa, y Cata, ay Cata…, pensó que era el momento de replantearse su vida.

Con el tiempo, la relación con Quique no funcionaba y decidieron ser amigos, pero cada uno por su lado, sin una relación seria. Ella ya lo vio venir en el momento que se marchó, demostrándole un afecto muy frío.

Cata, aunque trabajando, no dejaba de estudiar, hacía másteres, cursos, todo lo que se le ponía por delante, pero un día, al salir del hospital, donde había ido subiendo escalones por mérito propio y ocupaba un importante cargo, se paró de repente y se sentó en un banco del parque que estaba cerca del hospital. Parecía que era un momento para reflexionar sobre su vida.

4

Cata, a pesar de que siempre había dedicado su vida a ayudar a los demás, de repente, como si se le apagase algo por dentro, recapacitó y decidió cambiar su vida. Seguiría ayudando a los demás, porque era una de las mejores cardiólogas, pero empezó a pensar en algo que iba haciendo mella por su mente y cada día iba ordenando ideas y haciendo camino en lo que se había propuesto. Cuando consideró que estaba preparada, decidió dar el paso, pidió una excedencia en el hospital y entonces dio la noticia a la familia. Todos quedaron boquiabiertos, pero con la dulzura de Cata y su saber hacer, logró que todos lo aceptaran y le desearon muchísima suerte.

Cata decidió que hacía mucha más falta en algún otro país, donde no sabían ni lo que era un médico, los niños estaban tirados por la calle con fiebre, los ancianos no eran atendidos por nadie. Se lanzó a su tan ansiada aventura.

Sin pensarlo más, comenzó a preparar equipaje, contactó con compañeros para que le recogieran todos los medicamentos posibles en sus respectivos hospitales, todo el material, aunque hubiese sido retirado, todo lo que pudiera servir para atender a gente que no tenía de nada. También recogió material escolar, pensando que podría sacarle rendimiento, ropa, todo lo que pudo conseguir y empacó todo hasta decidir y encontrar a dónde dirigirse, que al final, después de hablar con compañeros que ya habían pasado por esa aventura, decidió que lo mejor de momento sería ir a Etiopía. Comenzó los trámites del viaje, buscando en mapas poblados y lugares donde pudiese hacer más falta cualquier ayuda.

África es el tercer continente más extenso. Etiopía, situada en el cuerno de África, cuya capital es Adís Abeba, país escabroso, sin litoral, sin casas, sin agua, algunas chozas mal construidas, aquello no parecía real. En la actualidad se denomina República Democrática Federal de Etiopía, 1 104 300 kilómetros cuadrados de hambruna.

Como ella había mandado por delante un cargamento con todo lo que había recogido y el poco transporte que se podía encontrar en la capital ya había hecho varios viajes para dejar en aquel lugar todo lo que había llegado, pues se dijo a sí misma: «Esto hay que empezarlo ya». Y se puso manos a la obra.

Los habitantes del poblado, desperdigados por el lugar, intentaban hacer sombra con ramas o como podían. Cuando vieron a Cata en acción, empezaron a acercarse y entendieron, a través de su sonrisa, que lo que necesitaba era ayuda. Con bastante rapidez desempacaron todo, pero Cata les hizo entender que era prioritario construir de alguna forma un lugar donde poner todo lo relacionado con el consultorio médico, por llamarlo de alguna forma, que necesitaba para atender a las personas que estaban enfermas. Se le ocurrió coger un folio del material que había traído y dibujar más o menos lo que quería que hiciesen para poder ejercer su trabajo como médico y atender a la gente, que a simple vista era mucha. Justo al lado también hizo lo mismo para hacer una especie de gran almacén para dejar allí todo lo demás que había traído.

Pasó apenas un mes y aquello cambió por completo. Atendía a los enfermos, que pronto aprendieron a asistir al consultorio en cuanto se sentían mal o tenían algún accidente. Cuando vio Cata que tenía controlado lo de la consulta, empezó a enseñarles a cultivar la tierra, con las semillas que también trajo con todo lo demás. Les enseñó cómo hacer en el almacén estantes para que todo estuviese ordenado y cuando alguien necesitase algo solo tenía que ir al lugar correcto. Dejó un espacio para comida envasada y alimentos no perecederos que había podido adquirir.

Lo siguiente más necesario, cuando vio que aquello iba tomando forma, fue empezar a construir un pozo lo suficientemente hondo como para abastecerse para sus necesidades y para regar los campos que les había enseñado a cultivar. Gracias a que ella se había criado en el campo y desde pequeña había ayudado a su padre, tenía suficiente idea como para hacerlo de forma que resultó muy productiva. Los aldeanos alucinaban con cada propuesta que les hacía, cavaron acequias para llevar el agua de unos campos a otros y aquello cada día parecía ser un milagro.

Controlado el tema de la agricultura, más o menos, lo siguiente fue construir un lugar suficientemente grande y adaptado para usarlo como colegio.

Un buen día se presentó una persona joven, educada y con un gran corazón como voluntario para ayudar a la doctora Cata, que por referencia de unos amigos supo que ella sola había conseguido muchos logros. Fue un gran alivio para Cata, pues eso le dio la oportunidad de tres días por semana acudir a otros poblados para pasar consulta y atender a los enfermos que hasta entonces nunca habían recibido ayuda alguna y aquello les parecía algo divino.

Cata no dejaba de hacer peticiones hacia España, de todo tipo de cosas que pudiesen ayudar a vivir a aquella gente. Llegó un grupo electrógeno que le permitió tener luz, que no sabían lo que era. Les enseñó a cocinar, a lavar la ropa, cada día era aprovechado al máximo. Les enseñó que el tiempo, la vida, tenía un sentido, no era solo tumbarse a la sombra. Entendieron el cambio y dieron sentido a sus vidas. Todo el mundo quería a Cata, pensaban que la habían mandado los dioses para salvarlos, la adoraban.

Después del largo viaje llegó con el autobús a la plaza del pueblo, que era donde tenía la parada y salida el autobús. Estaba su hermana pequeña esperándola, se fundieron en un gran abrazo y no pudieron evitar que fluyeran las lágrimas. Fueron llegando varias personas a recibirla y la acompañaron hasta su casa. Esa misma tarde era el entierro, habían aguantado todo lo posible para que pudiese llegar Cata al entierro de su madre. Las últimas palabras que pronunció su madre fueron para Cata.

Cuando todo acabó, se dirigieron todos los hermanos a la casa de su madre para hablar y solucionar cosas que todos sabían que, si no se hacía en aquel momento, sería muy difícil volver a reunirse todos, pues cada uno se iba directamente a sus respectivos lugares de trabajo, que cada uno tenían en lugares diferentes, y su vida hecha en distintas ciudades.

Lo que se tenía que decidir era qué hacían con la casa de su madre. Por las opiniones de todos parecía que nadie quería quedarse con ella y dar la parte que correspondiese a los demás hermanos.

Querían que se vendiese y repartir el dinero entre todos, pero no todos admitieron esa propuesta. Cata, con su saber estar, les habló a sus hermanos y les propuso que valoraran la casa y ella les daría la parte que correspondiese a cada uno y les compraba la parte de la casa, y la casa sería suya. La llevaba en el corazón, allí nació, se crio, ayudó a sus padres y al menos quería tener un trocito de su vida en su corazón, un trocito de su tierra siempre con ella, y cuando le apeteciese sabía que siempre podría volver a su casa.

Al día siguiente cada uno ya partió hacia su destino, todos siguieron con su vida, poco contacto tenían ya, solo en alguna ocasión especial. Era Cata la que les recordaba a los demás las fechas importantes y se comunicaban por teléfono, pero poco a poco se iban distanciando las palabras, los recuerdos, todo se enfrió, y Cata decidió que ya debía volver a Etiopía para continuar con su misión.

5

Dicho y hecho, en dos días Cata estaba en el aeropuerto esperando la salida de su vuelo. Por supuesto, aprovechó el tiempo y consiguió más medicamentos, algún desfibrilador y todo lo que pudo conseguir con su gracia innata.

Después de dos días de viaje llegó a la aldea y aquello fue una fiesta. Todos acudieron a saludar a la doctora Cata, la gran doctora Cata, la que les enseñó a vivir, a conocer sentimientos, a entender que el mundo era más que aquella tierra desértica donde todos pasaban las horas y los días tirados y dejados de la mano de Dios, hasta que llegó la doctora y cambió todo. Después de la prioridad que la llevó a aquel lugar, les enseñó otras muchas cosas, logró crear una verdadera comunidad y ella encontró tiempo para trasladarse a otros poblados para atender a los enfermos. Esto lo tenía que hacer durante dos días, porque la distancia era mucha entre los poblados, pero ella lo hacía muy a gusto, era su vida poder atender a personas que, de no ser por ella, no hubiesen podido resistir la situación.

Cuando llegó a su aldea después de un recorrido semanal, no podía ni imaginar la sorpresa que le esperaba. Se encontró con una persona nueva que había llegado a la aldea, era Samuel, un compañero suyo de la universidad, con el que siempre estaban juntos en las clases, pero al que no había vuelto a ver desde que terminaron la carrera de Medicina. No volvió a saber nada de él, pero no lo había olvidado. Los dos se fundieron en un abrazo, estuvieron hablando y hablando y le explicó que, por medio de compañeros, se enteró de toda su aventura y, sin más, decidió hacer lo que ella hizo, con la intención de ayudar y quedarse allí.

Pasaron los meses, todo iba de maravilla. Cata, como gran cardióloga, y Samuel, como un prestigioso traumatólogo, eran felices ayudando a los demás. Sus vidas habían cambiado, todos los querían. Si había algún accidente a varios kilómetros, se trasladaban hasta donde fuese necesario. Hablaban mucho de que cada vez estaban más contentos con la decisión que tomaron en su día, porque se sentían útiles, eso les hacía ser más felices cada día y se daban cuenta de que se necesitaban entre ellos y empezaron a dar un paso más de lo que venía siendo compañeros. Habían creado una complicidad entre ellos que ni ellos mismos lo creían. Bueno, tantas horas y días juntos, empezaron a encariñarse. Cata no podía creerlo, pero al final decidieron formalizar su relación, aunque no querían de repente abandonar toda la labor que habían conseguido con el tiempo, levantar un poblado de la nada, crear una escuela, una iglesia, hacer pozos de agua, dirigirla para regar los campos que les habían enseñado a trabajarlos y de donde podían alimentarse, acudir a otros poblados situados a grandes distancias para atender a otros enfermos.

En su poblado, Cata, además de ejercer como médico las veinticuatro horas, les enseñó a cocinar, a lavar la ropa, a hacer su propio pan… Para ellos era haber pasado del infierno al cielo. No fue fácil, estuvieron cinco años en aquel lugar para conseguir lo que al menos les hacía vivir con dignidad, muy orgullosos de lo que eran capaces de hacer por sí mismos, con toda la ayuda de la doctora Cata, el doctor Samuel y de todos los voluntarios que se habían ido sumando y que Cata se encargó de dirigirlos a otros lugares donde hacía falta la civilización que por primera vez impuso Cata y que, con el tiempo, fue una grandísima labor. Cata no era capaz de irse con Samuel de regreso a España sin más, pero tuvo una idea que, cuando la perfiló con Samuel, los dos aceptaron que sería muy bien acogida.

Muchas noches se reunía la gente que le apetecía en lo que habían decidido que era la plaza, porque allí hacían una hoguera y, sentados todos en el suelo, Cata hacía una especie de terapias que les encantaba a todos. Les contaba historias, les enseñó a abrirse unos a otros y aquello era parte de la felicidad con la que Cata siempre había soñado.

Una de esas agradables noches se oyeron de repente unos gritos pidiendo ayuda, pero era tal el nerviosismo y la ansiedad de esa persona que no podían entender lo que trataba de decirles. Cata intuyó enseguida que algo grave ocurría y salió corriendo, tratando de seguir a esa persona. Después acudió Samuel y algún otro de los voluntarios. Al llegar al lugar donde se paró esa persona, no hizo falta que dijese nada, Cata vio en el suelo a la mujer del joven que pedía ayuda. Por el aspecto supo que se trataba de un infarto. Samuel ya había salido hacia el consultorio para coger el desfibrilador. Cata ya había comenzado las maniobras para intentar recuperar ese cuerpo. Todos quedaron en la plaza sentados en el suelo, casi sin respirar, todos pendientes, como si no pudiesen moverse hasta que alguien les dijese que ya podían hacerlo.

Tras pelear todo lo posible, la joven Lara pudo ser reanimada, pero Cata sabía la gravedad y que tenía que ser intervenida inmediatamente. La llevaron en volandas, con todo el cuidado del mundo, hasta la clínica o consultorio que ellos mismos habían creado. Fuera, todos en silencio, pero nadie se movió. Rápidamente, Cata, Samuel y otros dos voluntarios se prepararon para empezar con la intervención.

Pasadas dos horas desde que empezaron, en diez minutos todo había terminado y, gracias a Dios, todo salió bien, la pudieron salvar. La gran cardióloga le puso un catéter, limpió varias arterias, bueno, hizo todo lo necesario, pero Lara volvió a nacer. La misma Cata fue la primera que salió y les comunicó a todos que todo salió bien, necesitaba aún un tiempo, pero que se iba a recuperar. El joven que dio el aviso era su marido y se arrodilló delante de la doctora llorando, sin parar de darle las gracias.

Como si hubiese sonado una alarma, todos se levantaron y no paraban de aplaudir a la doctora. Muchas lágrimas se derramaron, pero luego mucha alegría.

En resumen, la fiesta que había sido preparada, el encuentro en la plaza, era para comunicarles algo muy importante, pero debido a las circunstancias, sin decir nada, pensaron que buscarían otro momento para darles la noticia a todos. Lo importante es que después de una semana ya estaba bastante recuperada Lara y siguió recuperándose sin problemas. Todos entendieron que, si no hubiese actuado de forma inmediata la doctora, Lara no estaría viva.

Pasaron los días y seguía la rutina y ahora pensaron Cata y Samuel que había llegado el momento que estaban guardando después de tanto tiempo para decirles a todos lo que creían que debían saber.

Dijeron a todos que para celebrar la recuperación de Lara se reunirían otra vez en la plaza y disfrutarían y pasarían un rato agradable, contando anécdotas e historias que les gustaba tanto a todo el poblado de Bonga. Cuando vieron el momento apropiado, Cata pidió a todos si podían escuchar lo que les tenían que decir. El silencio se hizo magistral en toda la plaza.

Con todo su cariño y buen saber, Cata les dijo que para ellos eran todos su familia, que lo mejor que les podía suceder era haberlos encontrado y conocido, que siempre los llevarían en el corazón, pero que había llegado el momento en que tenían que regresar a España. Por diferentes motivos, ya eran casi nueve años los que estaban allí con ellos. Cuando llegaron se encontraron a gente tirada, durmiendo por rincones, enfermos… y ahora dejaban a personas con muchísimos conocimientos, les habían enseñado muchas cosas y esas personas no olvidarían nunca lo que habían hecho por ellos.

Se produjo un cambio radical en las caras de todos los que estaban allí y Cata, al percatarse de la situación, se dirigió a ellos diciéndoles que tenían más noticias para contarles. Sobre las lágrimas volvió el silencio y las miradas, todas sobre ellos. Entonces les contaron que antes de irse tenían una sorpresa para todos ellos, que tenían que decirles que pensaban casarse, pero no podían hacerlo sin ellos. Entonces pensaron en hacerlo allí, antes de irse, para que todos disfrutaran de la fiesta con ellos. Rompieron los aplausos, gritos, risas, bailes y, con la noticia de la boda, apaciguaron la noticia de la partida.

Les dijeron que se iban a encargar todos ellos de preparar la celebración como ellos quisieran, que sería el mejor regalo que podrían hacerles. Todos saltaban de alegría y al día siguiente empezaron con los preparativos. Se reunieron por grupos, cada uno se encargaría de algo en concreto, pero todos querían que fuese algo inolvidable, que quedara precioso, que les gustase mucho. Se plantearon y aportaron ideas y todos se pusieron manos a la obra para hacer algo que hasta el momento sería lo más importante que habrían hecho y querían agradecerles de ese modo todo lo que era ahora la aldea de Bonga, que había prosperado gracias a ellos, que lo dieron todo para cambiar sus vidas y lo consiguieron.

Todos con los preparativos, unos hacían guirnaldas, otros prepararon una especie de altar para la celebración en la plaza, para que todos pudieran verlo, porque en la pequeña iglesia no cabían todos y todos querían participar, ser útiles, agradecer cada cual a su manera lo que habían recibido, lo que eran ahora, nada que ver a lo que encontró Cata la primera vez que llegó a ese lugar dejado de la mano de Dios.

Las mujeres preparaban lo que sería la comida para la celebración, la gente más joven ensayaba bailes y canciones, todos, todos querían participar. Adornaron toda la aldea, la gente estaba como loca, menos mal que a doña Alejandra, la que podía ser la más mayor de la aldea, se le ocurrió preguntar si habían avisado a don Arturo, el sacerdote que actualmente estaba en la aldea. En esos momentos se encontraba en otra aldea, visitando enfermos y donde podía hacía alguna celebración. De inmediato, tres jóvenes se encargaron de hacerle llegar la noticia de la celebración de la boda de Cata y Samuel, sobre todo porque era dentro de cinco días.

Cata y Samuel se despreocuparon de todo lo que eran preparativos, ellos solo se ocuparon de preparar en sí el viaje, billetes, hacer coincidir horarios de aeropuertos y autobuses, si se les podía llamar así, para salir de las aldeas hasta la capital. En fin, ya parecía que lo tenían todo más o menos solucionado. De repente le vino a la mente algo muy importante, ni siquiera habían celebrado su noche de bodas, pero esa noche se regalaron la mejor noche de sus vidas. Como una gran sorpresa, preparó todo para propiciar el gran momento que habían soñado, pero que nunca habían realizado. Cuando se acostaron, solo con mirarse supieron que era el momento más esperado. Sus cuerpos se unieron sin pensar en nada por primera vez, con una dulzura y un algo que no sabían lo que era, pero esa relación que tuvieron fue tan intensa que nunca soñaron que pudiera suceder. Para ella había sido la primera vez, pero fueron tan felices que ninguno de los dos se atrevía a decir nada, solo querían soñar y disfrutar de aquella felicidad en su unión. Tuvieron una relación que para ellos fue lo mejor que les había pasado en sus vidas.

Cata había preparado a gente muy válida, les enseñó todo, se sentó a reflexionar por si se le olvidaba alguna cosa, pero su cabeza ya había pensado en todo, dónde llamar, dónde pedir ayuda, todo, no se dejó ningún cabo suelto.

Llegó el momento, las maletas preparadas con lo justo, lo demás lo dejaban todo allí, sabían que les haría más falta en la aldea que a ellos.

Si algo podía explicarse como el mejor regalo del mundo para toda la aldea era la maravillosa fiesta y boda que se celebró por primera vez en la aldea. Cata, con su blanca bata de su uniforme médico, y Samuel con el suyo, casaca blanca y pantalones blancos, no aspiraban a más, aquello era una ilusión que profundamente llegó a sus corazones.

Fue una fiesta inolvidable, no les faltó de nada, sobró comida, había frutas de todo tipo, también hicieron muchos dulces que Cata en su día les enseñó a hacer, cantos de la aldea, canciones que aprendieron gracias a Cata, bailes, aquello fue un sueño que nunca se había vivido en la aldea. Todos disfrutaron, no podían creer lo que estaban haciendo, no lo olvidarían jamás.

Aquello era un mar de locura, algo que nunca habían visto y que estaban disfrutando con toda su alma, como si no hubiese más mundo. Aun así, hubo algunas intervenciones accidentales de poca importancia que, como buenos profesionales, atendieron, aun siendo el día de su boda.

Llegado el momento, tras cientos de abrazos, despedidas, obsequios fabricados por los propios aldeanos, formando barreras como para no dejarlos marchar, pudieron subir al autobús y Cata seguía pensando si habría olvidado decirles algo para que siguieran con todo tal como habían aprendido. Ella no cambiaría nunca, siempre la prioridad hacia los demás. Cata era única, atrevida, con un gran corazón, todo intentaba y conseguía solucionarlo.

Horas y horas de autobús, trompicones, pinchazos de ruedas y por fin llegaron a la capital y al aeropuerto. Esperaron a su hora de embarque y, con mucha ilusión a la vez que tristeza, subieron al avión que les llevaría directos a Madrid y allí cogerían otro hasta Sevilla. Tal y como bajaban del avión, porque no le habían dicho a nadie que iban hacia España, se les encogía el corazón, como si hiciese siglos que no veían su «tierra».

Directamente y, por si aún no llevaban bastantes horas, cogieron el autobús que les llevó a su querido y añorado pueblo. Cuando llegaron nadie se percató, porque nadie esperaba su llegada. Se acomodaron en su casa, la casa de Cata, que anteriormente había sido de su madre y antes de toda la familia, y Cata sintió al entrar algo que no podía explicar.

6

Una vez acomodados, todo limpio, las maletas guardadas y su estómago pidiendo algo, Cata sacó unas empanadas y algunas frutas que compró mientras esperaban el autobús, pensando que al llegar encontrarían todo vacío y al menos podrían comer algo de momento.

Así fue. Comieron, se relajaron y descansaron un rato, con previsión a que tenían que hablar largo y tendido sobre la vida que tenían que empezar a retomar.

Parecía que, con todo lo que habían vivido, sacrificado, superado y conseguido, nada les podría impedir dejar de solucionar cualquier contratiempo con el que pudiesen encontrarse, pero por desgracia no fue tan sencillo.

La idea de Cata era presentarse en el hospital donde trabajaba, pero al hablar de ello notó de repente un cambio en el semblante de Samuel, y eso hizo que empezase a notar algo por dentro de su cuerpo que no estaba previsto. Empezó a pensar que aquello no podía quedar así, que tenían que hablar y tomar alguna determinación que fuese propicia para los dos.

Cata afrontó directamente el tema y le pidió a Samuel que hablasen, que le dijera todo lo que estaba pensando, todo lo que ella notó que le hacía estar incómodo. Al final

Samuel le confesó lo que notó desde que habían llegado, para hacerle sentir ese temor interno.

Samuel empezó a hablar, sin saber muy bien cómo expresar lo que le estaba produciendo ese malestar que había empezado a notar.

—No sé lo que me ocurre, pero noto algo extraño, como si no estuviese donde tenía que estar.

Y dejó caer dos lágrimas que preocuparon de verdad a Cata.

Siguieron con el tema y Samuel empezó poco a poco a soltar sus pensamientos. Quería mucho a Cata, pero en el fondo él sabía que no había sido del todo sincero con ella y eso le carcomía por dentro. Ahora que estaban en casa, mientras estuvieron por el mundo ayudando, haciendo el bien a todos los que se cruzaban en su vida, no se había parado a pensarlo, quizá porque así se sentía más cómodo y realizado, pero ahora era como si le hubiese regresado una culpabilidad que había estado ignorando hasta ese momento.

Nunca le había dicho nada a Cata, pero lo llevaba siempre como una sombra invisible, acoplada ya de forma aceptada en su interior, y había sido ahora cuando empezó a despertar de nuevo, produciéndole esa incertidumbre. Samuel había estado trabajando muchos años con Cata y aprendió mucho de ella, de su humanidad, de su talento, de su generosidad… en fin, de todo lo que en Cata era innato, haciendo que eso cubriese algunas cosas de las que él había estado huyendo. Pero al llegar a España de nuevo y empezar con los antiguos recuerdos, empezó a derrumbarse, y cuando Cata nombró lo de volver a su hospital del alma, se deshacía por dentro.

Lo primero que pensó antes de decirle la verdad fue que su idea era ir a trabajar a EE. UU., pero no supo bien cómo enfocarlo para quitarse el problema de encima y no tuvo más remedio que decidirse por el único camino viable: decir la verdad.

Antes de emprender la aventura hacia Etiopía, donde se encontró con Cata, que fue su salvación, él tenía una novia de universidad. En un momento de locura, tras salir varios meses juntos, se casaron, pero como era lógico no les salió bien y a la hora de afrontar problemas decidieron separarse, pero con los preparativos del viaje al final se marchó y no llegaron a tener todos los documentos para hacerlo. Aunque para él parecía que lo hubiesen hecho y ya pasó del asunto.

Fue al llegar a España, y Cata empezar a hacer planes, cuando comprendió que no podía hacerle eso a la persona que más había querido en su vida. Al principio Cata se quedó sin habla, no sabía cómo reaccionar, no podía. Cuando consiguió calmarse y relajarse mentalmente, propio de ella, le dijo: «Bueno, la decepción es grande, pero si ha ocurrido así, lo único que te pido es que antes de irte soluciones lo de la separación y yo quede libre para poder poner en orden mi vida».

Así lo hicieron. La separación legal de Cata y Samuel quedó solucionada y él desapareció de su vida, cosa que a Cata le costó aceptar. Lo veía como algo irreal, pero poco a poco fue curando la herida y replanteándose de nuevo su vida. Aun así, con todos los contratiempos que había sufrido, nunca se desengañó de la vida y seguía pensando en hacer el bien, en ayudar a todo lo que podía y en conformarse con la vida que le había tocado vivir.

Se levantó un día dispuesta a volver al hospital, a su hospital, y así lo hizo. Cuando la vieron entrar los de su etapa trabajando junto a ella, enloquecieron de alegría. Ya no quedaban muchos de su promoción, había mucha gente joven, gente que no conocía, pero de la que pronto se percató de lo bien preparados que estaban.

Dirección decidió que Cata se dedicara a sanear el hospital, a formar buenos equipos. Si alguien podía hacer eso era ella, excepto cuando había alguna urgencia grave de quirófano, que rápidamente buscaban a Cata. Era la única capaz de atreverse y esperar un buen resultado. Así estuvo un tiempo en el hospital, pero no podía dejar de pensar de vez en cuando si alguna vez llegaría a saber lo que era aquello con lo que había soñado tantas veces y creía haber encontrado, pero nunca fue real: la felicidad. Llegó a pensar que si no sabría encontrar las semillas apropiadas para que, al cuidarlas y mimarlas, le regalasen sus flores blancas favoritas.

De repente decidió que ya era la hora de dejar el hospital y dedicarse a ayudar verdaderamente a quien lo necesitase. Pensó que así se podría sentir realizada y quiso intentarlo, pero se comprometió con el hospital a que, si la necesitaban para alguna cirugía urgente, la podían llamar y ella acudiría.

Preparó todo lo que tenía, hizo sus maletas y, sin pensarlo mucho, marchó hacia su querido pueblo, a su casa, a la que fue la casa familiar, la casa de sus padres, que por circunstancias terminó comprándosela ella a los hermanos. Pensaba lo felices que estarían sus padres allá donde estuviesen de ver que lo que tanto sacrificio les había costado no se había perdido: ahí estaba su querida hija, viviendo y cuidando de lo que ellos habían conseguido hacer con su trabajo.

Cuando ya llevaba unos días en el pueblo, la gente empezó a darse cuenta de que Cata había regresado y todos los que la conocían se alegraron muchísimo de su regreso. Empezó a contactar con todos; recordaban los tiempos de niñez y juventud, que fueron maravillosos. Siempre que salía a comprar o cualquier cosa, se encontraba con alguien y recordaban anécdotas juntas.

Pero no olvidaba lo que le había hecho tomar la decisión de regresar a su pueblo, a su casa. Ella quería seguir ayudando a quien lo necesitara y la gente se fue acostumbrando a esa ayuda, a consultarle cuando tenían dudas, a proponerle ideas, a ofrecerse para ayudarla si necesitaba algo. Cuando pasaba alguien por el pueblo que se le veía con carencias, la comida y la estancia no le faltaban nunca.

Cata estaba dispuesta para todo; luego seguían su camino. Y esto funcionó hasta el punto de que en el pueblo había gente tan pobre que no comía todos los días.

Entonces a Cata se le ocurrió montar, junto a su casa, en un cobertizo que tenía, una especie de comedor para que la gente que lo necesitara acudiera. Hubo muy buena acogida en el pueblo a la idea, y las personas más pudientes ayudaron mucho colaborando para poder ponerlo en marcha. Cuando empezó a funcionar fue un éxito. Entonces Cata buscó patrocinadores; la gente del campo aportaba siempre algo de sus cosechas. Bueno, aquello iba de bien a mejor. Las familias con cuatro o cinco hijos acudían para que pudieran comer sus hijos. Era un pueblo de paso y todo el que iba por ese camino paraba en la casa, ya conocida en muchísimos lugares, para poder tomar un plato de comida caliente y seguir su camino.

Cuando llamaban a Cata de una urgencia en el hospital, ella ya sabía que era para dejarlo todo y salir volando. Entonces siempre había alguien dispuesto a encargarse de atender las comidas hasta el regreso de Cata. Ella, previsora como siempre, ya les había enseñado y a la vez era un aliciente: se sentían útiles.

Cata vio que eso ya era otra misión cumplida. Tenía claro que ya podía delegar y empezó a pensar en que tenía que comenzar con algo más, porque ella siempre encontraba algo que hacer por los demás. Con todo lo que había hecho, su pueblo había crecido mucho y empezó a llegar gente de otros poblados que carecían de muchas cosas, con intención de instalarse por los alrededores del pueblo. La gente del pueblo, como llegaban con niños, les ayudaron a construir refugios y a enseñarles cómo defenderse para empezar con una vida un poco más digna.

Aquello era pueblo de olivos, verdes olivos, maravillosos olivos, pero comenzó a pensar que había muchos trozos de tierra que estaban desaprovechados y enseguida empezó a querer darles utilidad. Reunió a la gente con edad de rendir en el trabajo y les explicó su idea. La intención era convertir aquella tierra sobrante en bancales para plantar productos que ellos mismos prepararían mediante una cooperativa, que podía dar trabajo a bastante gente que estaba desocupada. Les costó entender al principio lo que Cata pretendía, pero con sus contactos y ayudas al final salió la cooperativa adelante y los trabajadores obtenían un beneficio. En el pueblo estaban muy orgullosos de su cooperativa y de la salida que se le estaba dando a sus productos.

Poco a poco se le añadían cosas al pueblo que lo iban haciendo más importante y a su gente más orgullosa.

La ilusión de Cata hubiese sido lo que siempre soñó: tener una familia, tener hijos. Lo había imaginado tantas veces, pero los reveses de la vida parecían que la habían condenado a que no fuese así, aunque ella no se rendía. En el fondo siempre esperaba un milagro, y mira por dónde no sabía lo cerca que podía tenerlo. Desde pequeña, Cata tenía en el pueblo a sus amigas de toda la vida, que por lo general se pasaban el día jugando en la calle hasta que regresaban los padres. Allí se conocía todo el mundo y se cuidaban unos a otros.

Cuando Cata regresó al pueblo para instalarse en su casa, se encontró con algunas de las amigas que no habían salido nunca del pueblo y fue una grandísima alegría para todas. Cuando podían (raras veces), se reunían a tomar café y contar sus historias. Fue un gran aliciente para todas. Muy cerca de su casa vivía Esperanza, una de ellas, que nunca llegó a salir del pueblo. Se casó con Juan, un chico de allí, y tenían dos hijos, Alma, de siete años, y Juan, de cinco. Eran guapísimos y Cata era para ellos la tita Cata. Estaban más tiempo con ella que en su casa.

Esperanza y Juan, al hacerse de día, ya marchaban para los campos; eran su medio de vida, y mientras ellos iban corriendo a casa de la tita. Allí jugaban, les enseñó a leer y a escribir, les regalaba cuentos. Eran muy felices.

Un día como tantos otros, Esperanza y Juan, al hacerse de día, marcharon a sus tareas del campo, pero ellos no sabían que ese sería el último día que lo harían y el último día de sus vidas.

Iban por la vereda hablando de sus cosas, la cosecha, sus ilusiones, sus pensamientos. Así parecía acortarse el camino hasta llegar a la tarea cuando, de repente, sin verlo ni oírlo, en una curva se presentó un camión cargado de tierra que se los llevó por delante a los dos. Allí mismo se quedaron. El golpe fue tan tremendo que nada pudo hacerse. Los dos quedaron tirados en la carretera. El conductor fue corriendo a buscar ayuda al pueblo, pero nada pudo hacerse. La doctora Cata solo pudo firmar su fallecimiento.

Gran desgracia. El pueblo no podía creerlo. Todos lloraban, todos comentaban, pero la más consciente de lo que había que hacer era Cata, y así fue. Ella se encargó de todo. No tenían más familia en el pueblo; los padres de ambos y abuelos de los niños ya habían fallecido. Cata organizó todo, llamó al cura que asistía desde otro pueblo, organizó el funeral, se hizo el entierro y ella todo el tiempo llevaba de la mano, sin soltarlos, a Esperanza y a Juan.

En principio fueron a la casa de los padres y cogieron toda la ropa y lo que los niños quisieron coger, fotos, recuerdos… y los instaló en su casa. Pero su mente ya le estaba dando vueltas a algo que quería hablar con los niños, que fue más pronto que tarde. Para ella, que era una persona tan correcta, lista y con tantos valores, le fue difícil decir lo que quería, pero fácil a la vez. Cuando les explicó todo punto por punto a los niños, estos directamente se le tiraron encima abrazándola y llorando, pero llenos de esperanza, puesto que solo pensaban qué iban a hacer ahora solos, cómo vivirían. Lo veían todo negro, sin futuro que ellos supiesen resolver. Y cuando Cata les facilitó la posibilidad de adoptarlos, de que si ellos querían sería su nueva madre, el cielo se les abrió de repente.

Costó mucho, muchos trámites, mucho papeleo, testigos, cientos de cosas, pero como todo lo que había intentado y logrado en su vida, al final, con los contactos que conservaba en Sevilla, después de casi un año, lo logró. Al fin Cata era su madre adoptiva de pleno derecho. Los niños, Esperanza y Juan, estaban muy contentos, pero tenían un dilema que decidieron exponer.

—Tita, ¿ahora cómo tenemos que llamarte? ¿Tita o mamá?

Se quedaron mirándose los tres y empezaron una risa tonta que, a medida que pasaba el tiempo, era como un nuevo punto de partida. Ella les explicó que podían hacer lo que quisieran, como más cómodos se encontrasen; ella les iba a querer lo mismo tomasen la decisión que tomasen.

Esperanza se sentó en su regazo y le dijo:

—¿Puedo llamarte mamá?

A Cata le pareció perfecto, si es lo que ella quería, y Juan soltó, con ese salero que le caracterizaba:

—Pues yo te llamaré tita, porque eres mi tita, pero sé que ahora también eres mi mamá.

Y se fundieron los tres en un gran abrazo que les costó despegar.

Cata ahora tenía dos hijos legales, pero no quería que se olvidaran de sus verdaderos padres. Iba con ellos al cementerio y les llevaban flores. Se hablaba en casa de una forma natural sobre ellos y despegó un nuevo episodio en la vida de Cata y ahora sus hijos Esperanza y Juan.

Pasó el tiempo. La educación que recibían los niños era impoluta. Nombraban a sus padres cuando la ocasión lo requería, pero no dejaban de dar gracias a Cata por haberlos acogido como a sus verdaderos hijos. Tal como iban creciendo, se daban cuenta cada vez más de que, dentro de la desgracia en su momento, habían tenido mucha suerte de que alguien como Cata, una persona preparada, lista, eficaz, trabajadora, bondadosa y maravillosa, hubiese terminado siendo su madre.

Empezó la adolescencia y, aunque mínimamente hubo los problemas lógicos de la edad, Cata era muy lista y la mayoría de las veces dejaba que los solucionaran por sí mismos. Entonces es cuando se daban cuenta de los fallos y aprendían, terminando siempre dando las gracias.

Cata les prometió llevarlos de viaje para que, con sus catorce y doce años respectivamente, empezaran a crearse inquietudes, a saber lo que esperaban de la vida y se fueran formando para su futuro. Saltaban de alegría, se la comían a besos, esperaban ese momento como algo mágico, pero de repente el pilluelo gracioso de Juan cambió su tono y preguntó:

—Tita, ¿tú crees que mamá Esperanza y papá Juan, si estuviesen, estarían contentos de que fuésemos de viaje?, como nunca hemos salido del pueblo.

Cata sonrió ampliamente y les explicó que seguro que lo estarían, porque ellos siempre les iban a cuidar, estuviesen donde estuviesen, y en casa ya les cuidaba ella. Ellos mismos tenían que aprender a saber cuidarse bien, si no, nunca podrían ayudar a los demás. Retenían muy bien todo lo que Cata les enseñaba y se sentían muy a gusto con ella. Lo que más agradecían era que nunca trató de hacerles olvidar a sus padres y eso para ellos fue muy importante. Nunca perdieron su identidad y se encontraron con otra como un regalo del cielo.

Llegó el momento del viaje prometido. No podían creerlo. Cata quería que lo aprovecharan al máximo y así fue. Viajaron en un todoterreno que Cata compró para sus traslados y acopio de material. Iban parando cuando pasaban por algún lugar que les llamaba la atención y cuando pasaban por algún pueblo hacían acopio de víveres. Alma y Juan no eran conscientes de su asombro; ellos no sabían que, aparte de su pueblo, había más mundo.

Les costó mucho llegar, pero porque iban relajados, sin prisas. Cata quería que lo disfrutaran todo al máximo y poco a poco llegaron a Sevilla. Estaban alucinados, no creían que aquello podía existir.

Cata decidió que lo primero que debían hacer era buscar un lugar para acomodarse los días que estuviesen allí. Así lo hicieron. Como Sevilla era el amor de Cata y conocía todo de la etapa de universidad, buscaron una pensión donde dejar las maletas y otros enseres que llevaban. Descansaron un poco del viaje y luego les explicó la idea que ella tenía en mente para que pudiesen ver y hacer provechoso el viaje lo máximo posible.

En principio fueron al hospital donde Cata entregó tanto por los demás. Cuando saludó a los pocos compañeros de su etapa que quedaban, con mucho orgullo les dijo:

—Estos son mi hija Alma y mi hijo Juan.

Aquellos no cabían de gozo. Se sentían importantes de ver cómo los trataba todo el mundo. Era como un sueño para ellos. Estaban muy felices y esa felicidad poco a poco se la iban contagiando a Cata.

Ese día aprovecharon y les enseñó lo más bonito de Sevilla. Sobre todo quiso que vieran la universidad donde ella cursó la carrera de Medicina. Para ella también fue un cúmulo de recuerdos que afloraron en cada cosa que les decía. Ellos no podían creer que lo que estaban viendo fuese real; se veían como envueltos en un sueño.

Al día siguiente fueron a otros lugares. Visitaron Córdoba, Granada, y les enseñó por primera vez en su vida el mar. Estaban como estatuas, inertes; no tenían bastantes ojos para ver todo lo que llegaba a su alcance. Tuvieron que alargar la excursión para poder enseñarles lo más que pudiese. Después de tres días volvieron a Sevilla y les mostró con más tiempo todos los colegios y universidades, explicándoles todo lo que podía. Ella quería que les calase por dentro para, sin necesidad de decirles lo que debían hacer, fuesen ellos los que poco a poco se interesasen por lo que más les conveniese y les gustase. Ella solo se limitó a ofrecerles un abanico de posibilidades que les podía servir para decidir su propia vida. Cata era única, no había dos Catas en el mundo, era un regalo para todos.

Después de unos días estaban cansados, pero contentos, disfrutando de un sueño que jamás hubiesen podido imaginar, ni Cata tampoco.

Cata les compró mapas para que supiesen por dónde se movían y dónde estaban en cada momento. Para ellos todo era nuevo, pero digamos que este viaje, bien calculado por Cata, les había servido de mucho y aprendieron cosas que jamás olvidarían.

Después de casi un mes viajando por sitios interesantes que no sabían que existían, pensaron que era momento de volver a su querido pueblo, pero con la idea muy clara de que todos los años repetirían alguna experiencia como la que acababan de vivir.

7

Ya en el pueblo, no pasaba día que no nombrasen algo sobre el viaje, y cada vez se tiraban sobre Cata y la llenaban de besos, y no se cansaban de darle las gracias por esa aventura que jamás en su vida hubiesen podido imaginar, pero Cata, además de estar feliz, sabía que habría sembrado una pequeña semilla en su interior que no tardaría en empezar a germinar.

Efectivamente así fue, eso había creado inquietudes en Alma y Juan, que estaban madurando, pero entendieron que no se iban a quedar cruzados de brazos, que debían decidir lo que querían hacer con sus vidas, era algo muy importante, era lo que les marcaría su camino.

Alma empezaba a contemplar la idea de que le gustaban mucho los niños y quería ser maestra, y Juan quería conducir un autobús y, por más que trataban de explicarle que eso podía ser algo alternativo, pero que tenía que cursar algunos estudios para poder defenderse en la vida, que no, que el niño quería ser conductor de autobús, se reían mucho con él, pero él seguía soñando con su autobús.

Cata primero les buscó un instituto para la preparación y que fuesen limando ideas, lo más cerca posible de casa, porque así podía ella llevarlos y recogerlos, mientras llegaba el tiempo de tener que ir a la universidad, entonces no tendría más remedio que aceptar la partida hacia donde pudiesen hacer realidad sus sueños, igual que le ocurrió a ella y a sus hermanos en su momento.

En verano la gente del pueblo que se fue a otros lugares, si podían, siempre volvían a pasar el verano, aquello era un acontecimiento que todos celebraban con mucha alegría, porque los más mayores todos se conocían, y la gente joven hacía amigos que algunos serían para siempre, el verano en el pueblo era un sueño, paseaban, hacían excursiones, cenaban en las calles, todas las costumbres de siempre del pueblo, que los que vivían en capitales no podían hacer, se contaban sus cosas, lo que hacían en sus colegios, los amigos de la capital, en fin, unos veranos muy felices y añorados.

La gente joven, como Alma y Juan, con los grupitos de amigos que habían formado, les surgió la idea de crear unas fiestas para el pueblo y organizar todo aquello, les ilusionó tanto que se pusieron a ello de inmediato. Crearon la semana de la juventud, eso implicaba a todos, porque los padres ayudaban, los abuelos querían verlo y los más pequeños siempre estaban por medio.

Fue un verano maravilloso, todos disfrutaban y casi que vivían en la calle, algo tan peculiar y diferente a todos los que vivían en la capital o en otros sitios más lejanos, aquel año fue una experiencia muy prolífera para todos.

Cata estaba encantada de que sus hijos, Alma y Juan, disfrutaran tanto y fuesen tan felices, no podía ni creerlo, pero siempre estaba pensando en su futuro, y una tarde les dijo:

—Hijos, tenemos que hablar, creo que deberíamos ir exponiendo ideas de lo que deseáis hacer para tener un bonito y deseado futuro, ¿no os parece? —El tiempo de instituto pasó rápidamente y ya tuvieron que pensar en la universidad.

Alma, que seguía teniéndolo claro, le dijo:

—Mamá, yo sigo queriendo ser profesora, es lo que más me gusta y no me veo haciendo otra cosa en un futuro. —Pero Juan no decía nada, y eso le daba que pensar a Cata, ya que ella sabía que esa decisión costaría bastante más de tomar.

Ella trataba de explicarle varias opciones, porque sabía que Juan no era como su hermana, hiciese lo que hiciese, le costaría más que a Alma, pero también sabía que con paciencia todo se podía conseguir, estuvieron varias horas hablando y barajando muchas posibilidades y por fin Juan dijo: «Yo quiero conducir un autobús», las risas estallaron, y no podían dejar de hacerlo, Cata ya les dijo: «Bueno, si os parece seguimos otro día a ver si tenemos las cosas más claras». «Vale, mamá, como quieras», respondió Alma, y se pusieron a preparar la cena.

Alma era muy responsable y siempre estaba pendiente del payasete de su hermano y un día le dijo a Cata: «Mamá, he pensado una cosa, ¿puedo decírtela para ver qué te parece?».

«Pues claro, mi amor, sabes que puedes decirme cualquier cosa que quieras».

«Desde que vinimos a vivir contigo, esta es nuestra casa y ¿qué sentido tiene que tengamos cerrada y estropeándose la casa de mamá Esperanza y papá Juan?, ¿por qué no la vendemos y así tendremos cubiertas en su momento las matrículas y los gastos que necesitemos cuando tengamos que irnos?», pensando en que acababa el verano y ya se estaban preparando para ir al instituto.

Cata se quedó pensando lo que acababa de decirle Alma y quedó impresionada de la madurez de su hija, nunca se había comentado ese tema para nada y a ella se le ocurrió que podía ser una forma de aportar algo de su parte, porque hasta ese momento todo había sido a cargo de Cata.

Cata le dio un abrazo y la hizo sentar a su lado para explicarle lo que iba a decirle.

—Cariño, sabes que por todo lo que ocurrió decidí adoptaros porque no teníais a nadie, y eso hizo que me convirtiera en vuestra madre y vosotros en mis hijos, para mí sois mi responsabilidad, mis amores, os adoro, pero estáis a mi cargo y yo no podría permitir que tuvieseis que hacer eso, yo puedo hacerme cargo de todo lo que necesitéis y así lo haré, la casa de los papás Esperanza y Juan la tendréis ahí, si algún día la necesitáis sabéis que es vuestra y podréis hacer lo que creáis que debéis hacer, pero ahora no es necesario, no es el momento, pero tengo que decirte que sepas lo orgullosos que estarán tus papás de ti.

Se dieron un gran abrazo y continuaron con lo que estaban haciendo.

8

Estaba Cata arreglando y organizando papeles y recibos y, en esos momentos, sonó el teléfono de Cata y, como se temía, era de su querido hospital. Se trataba de una urgentísima operación; sin pensarlo, preparó lo justo para partir inmediatamente. Alma y Juan iban detrás de ella, sin parar de decirle: «Tranquila, mamá, no te preocupes por nosotros, tita, que nos apañaremos muy bien».

Cogió su todoterreno hasta Jaén y de allí marchó en tren a Sevilla. Le estaban esperando, a tenor de la urgencia, en la estación. Rápidamente llegaron al hospital, donde el paciente ya estaba en quirófano y preparado. Vio que se trataba de una persona joven. Le iban explicando sobre la marcha; no había tiempo. Ya había entrado en dos paradas de las que pensaban que no salía. Cata, con su habilidad divina, su paciencia y su fe, fue poco a poco componiendo aquel corazón destrozado. Era la única que podía hacerlo con esa maestría.

Después de ocho horas, salió del quirófano a punto de desplomarse, pero con el ánimo y la alegría de decirles a los familiares que habían podido controlarlo. La sala de espera era un llanto indescriptible; solo se oía decir «gracias, gracias, gracias» por todos lados. Les comentó que había sido difícil, que incluso ella hubo momentos en los que pensó que no salía, pero, al final, Dios quiso ayudarla y lo consiguió.

Eso le trajo a la mente tantas y tantas intervenciones como había hecho en ese y otros hospitales. Se relajó, estuvo con los compañeros comentando, dejó instrucciones estrictas, pero ella sabía que había salido bien.

Pensó en quedarse en un hotel esa noche porque necesitaba descansar después del gran esfuerzo de la intervención. Buscó un hotel, cogió un taxi y, cuando entró en la habitación, se quedó sobre la cama y se despertó al día siguiente.

Cuando abrió los ojos, de inmediato le vino a la mente todo lo ocurrido y se dijo a sí misma que bajaría a desayunar y pasaría por el hospital; si todo estaba bien, se prepararía para marcharse al pueblo, donde estaban sus hijos esperándola.

Ya dejando todo recogido a punto de marchar, cerró la bolsa de viaje, la dejó sobre la cama y bajó a desayunar en el mismo hotel, pero mira por dónde ella no presentía lo que se le venía encima. El día anterior, en el quirófano, había mucha gente que reconoció y otra que no conocía; lógico después de tanto tiempo, pero ella nunca tuvo problemas ni prejuicios. No dejaba de darle vueltas a cosas que le venían a la mente. Ya en el comedor del hotel, se sirvió su desayuno, lo puso todo en una bandeja y miró dónde le apetecía sentarse. Al pasar por un pasillo que formaban las mesas, alguien se levantó de una mesa y, con mucha educación, se dirigió a ella presentándose y diciéndole si le hacía el honor de desayunar con él.

Era un médico también cardiólogo, que había sido localizado por si la doctora Cata no podía llegar a tiempo para la operación. Desde luego, cuando la vieron entrar en el quirófano, todos suspiraron como señal de alivio. Se sentó en la mesa aceptando la amable invitación del compañero y entonces recordó que lo había visto en el quirófano, pero en un lugar muy estratégico para poder ver todo bien sin llamar la atención ni molestar a nadie.

Se llamaba Pablo, un gran cardiólogo que quedó anonadado de la destreza de la doctora Cata.

Siguieron con el tema, comentaron algunas cosas y de repente le dijo:

—¿Quieres acompañarme al hospital para ver cómo ha pasado la noche el paciente? Así ya puedo marchar a casa mucho más tranquila.

Bueno, para el compañero aquello fue como un regalo que no sabía cómo agradecer. Llegaron al hospital. El paciente aún estaba en la UCI, pero en cuanto entraron y revisaron el historial, vieron que perfectamente lo podían acompañar a la habitación. Así lo hicieron. Las enfermeras lo acomodaron y el paciente parecía dar continuamente gracias con sus ojos; estaba recuperándose muy bien a pesar de lo apurado que había entrado al quirófano. Los miró y le cayeron dos lagrimones, pero de alegría, porque sabía que le habían salvado la vida.

Antes de salir del hospital, la doctora ya dejó todo por escrito: lo que había que hacer, lo que no había que hacer; vamos, todo. Se despidieron de los compañeros del hospital y salieron a la calle, pero Cata se percató de que a Pablo, el cardiólogo que prácticamente acababa de conocer, le cambió el semblante de repente.

—¿Qué te ocurre, Carlos? —le preguntó, pero a la vez una chispa que saltó en su interior creía que podía darle la respuesta.

—Lo siento mucho, Cata, pero no puedo despedirme aquí como si nada hubiese ocurrido. Desde el momento que te vi aparecer por la entrada del quirófano, entraste directo a mi corazón. Pero cuando vi cómo trabajabas, todo lo que estabas haciendo para poder salvar una vida, ahí ya te llevaba en el alma. Cada momento que he estado contigo y cada vez que te miro, sé perfectamente que no es ningún capricho; es algo que, de forma mágica, sé que me está cambiando la vida, pero que si no pudiese seguir viéndote y hablando contigo, todo se apagaría en mí.

Cata, en principio, quedó desarmada. Ella siempre tenía palabras para todo, pero quiso aparentar el no querer darle demasiada importancia a lo que estaba sucediendo; me temo que no lo consiguió.

Pablo estaba segurísimo de que a todo lo que le decía que no, lo que quería decir era sí. No quería agobiarla, pero tampoco estaba dispuesto a perderla. Se imaginaba el tiempo que les quedaba juntos, con conversaciones parejas, con nivel auténtico, aunque él sabía que como Cata no podía haber otra persona.

Indecisa, pero con algo moviéndose por su interior, le propuso si quería ir a pasar unos días a su casa para conocer a sus hijos, porque entre estas y aquellas iban contándose cosas de su vida, lo que les llevó a estar donde estaban ahora; pero sabían que les faltaba mucho por conocer el uno del otro.

Él aceptó tácitamente. Estaban jubilados ambos, ¿qué podían perder? Tendrían compañía, compartirían aventuras, y lo más esencial era hacerles ver lo complicado que era el mundo a sus hijos. Pero ahí estaba ella, dispuesta a todo para conseguirlo. De forma totalmente imprevista, cogió a Cata, la volteó hacia él y le dio un besazo, que dejó a Cata sin saber cómo reaccionar, pero que le encantó.

Mientras estuvo en Sevilla, recogió todo lo necesario para la matrícula de Alma en Magisterio. No le había dicho nada, quería darle esa sorpresa. Aunque no había podido comprar ningún autobús, pensó que tenían dos años por delante para ver al final la decisión de Juan.

Cuando llegaron al pueblo era muy tarde. Entraron despacito para no despertar a los niños, o eso era lo que ella creía. Antes de llegar al salón ya estaban los dos gritando: «¡Mamá, tita, mamá, tita…!». Aún no habían entrado en el pueblo y ya conocieron ellos el ruido del todoterreno de Cata y rápidamente se levantaron; no podían esperar, para ellos tres días era ya mucho. La llenaron de besos y mimos y de repente se dieron cuenta de que había una persona de pie en la entrada de la sala. Cata se acercó y les presentó a Pablo. Les dijo: «Es un cirujano cardiólogo que también estuvo en la operación y que fue muy amable. Pensé que, en lugar de que me invadierais a preguntas, sería mejor invitarlo unos días para que lo conocierais». Estuvieron encantados.

No sé si les cayó mejor Pablo a ellos o ellos a Pablo, pero desde luego los días se alargaron. Ya casi en el declive del verano, no querían pensar que Pablo pudiese marcharse. Habían empatizado perfectamente y, como no, a Pablo ya le dolía todo por dentro de pensar que tenía que marchar. Es como si toda la vida hubiese estado allí. Cada vez se entendían mejor él y Cata y querían pensar muy bien lo que debían hacer.

Un buen día al levantarse, Pablo le dijo a Cata que tenían que hablar y, al final, echándole mucho valor, le dijo:

—¿Sabes qué te digo? Que yo no me voy. ¿A dónde tengo que ir, si lo que más quiero en este mundo lo tengo aquí?

Llamaron a los niños y les comunicaron la noticia. Aquello fue tal alboroto, tal alegría, que no podían parar de saltar y reír, y el ambiente se llenó de una ternura deseada por cualquiera. De pronto el payasete se puso serio y dijo: «Ahora sí que seremos una familia completa. ¿Sabéis qué? Os pasearé a todos en mi autobús». Hubo risas, pero no sabían cómo podrían solucionar el problema del autobús.

Eso era ya una obsesión o un sueño, no lo sabían muy bien, pero algo tenían que hacer.

Empezaron a moverse; había que preparar todo para Alma, buscar piso en Sevilla, hacer trámites, maletas, ropa, libros… A Cata le recordaba cuando tuvo que hacer lo mismo para ella y para sus hermanos, y sentía cierta nostalgia. Pero aún agradecía todos los días la vida que le había tocado. «Si volviese a nacer, me gustaría tener una vida igual a la que he tenido», pensaba muy a menudo.

Cada vez estaba más contenta de que Pablo se hubiese quedado a vivir con ellos. Se sentía muy acompañada. Sabía que cuando se fuesen los hijos, por ley de vida, hubiese estado muy sola y así era feliz pensando en proyectos. Hablaron de algún viaje, pero de placer, a descansar a algún lugar que pudiesen disfrutar. Bueno, bueno, todo eso era hablar por hablar. Primero quería dejar a sus hijos posicionados y felices donde estuviesen.

Decidieron estar juntos, ser pareja, pero sin casarse. No querían complicaciones. Sabían que se querían, sabían que se tenían, sabían que siempre estarían el uno para el otro. Querían a sus hijos como si fuesen realmente suyos y se sentían muy bien de esa forma. Lo decidieron entre todos y estaban contentísimos.

La gente que pasó el verano en el pueblo iba desapareciendo. Se marchaban a sus diferentes destinos, no sin despedirse todos y prometer encontrarse el siguiente verano.

Mientras preparaban todo para el curso que iba a empezar, también hicieron acopio de provisiones para el invierno. Así pudieron dejarle todo lo que necesitaba Alma para su piso en Sevilla. Entonces no era como en la época de Cata, que tenían lo justo para comprar lo poco que se cocinaban en pisos entre cuatro o cinco estudiantes.

9

Alma estaba guapísima y muy ilusionada: por fin iba a comenzar lo que siempre había soñado. Habló con su madre para preguntarle si, en caso de tener la ocasión de que alguna compañera compartiera con ella el piso para no sentirse tan sola, podía hacerlo. Por supuesto que Cata accedió y, de esa forma, ellos también estaban más tranquilos al saber que no estaba sola.

Intentaron aprovechar el tiempo, los pocos días que les quedaban de estar todos juntos, y disfrutaron de ello al máximo. Sabían que no era como cuando Cata y sus hermanos tuvieron que marcharse para poder ir a la universidad; ahora tenían muchas más facilidades, los tiempos eran otros. Sabían que, en nada, para Navidades estarían en casa para pasar esos bonitos días de vacaciones todos juntos.

Llegó el día señalado para el traslado y no les quedaba otra que ponerse en marcha, no sin antes tener que escuchar todos los consejos y aceptar que, si necesitaba algo, llamaría enseguida. Le costó más a Alma convencer a su madre de que estuviesen tranquilos que a su madre de que no dudara en llamar si necesitaba algo.

A Juan lo llevaban ellos al instituto y lo recogían todos los días, pero la universidad ya eran palabras mayores: no podían ir cuando les apeteciese. Pero todo funcionaba lo mejor posible. Pablo había asumido el rol de padre con respecto a los hijos de Cata y a ellos les había caído muy bien; hacía de padre, de amigo y, sobre todo, sabían que era una perfecta compañía para su madre. Ella, por otra parte, lo agradecía muchísimo. Teniendo en cuenta que los dos eran médicos y cardiólogos, nunca les faltaba una buena conversación; no se sentían nunca solos.

El tiempo que tenían libre les gustaba mucho pasear por el campo. Al menos a Cata le recordaba su infancia y su juventud. Como Pablo sentía ese amor tan puro por Cata, asumía con sumo agrado todo lo que a ella le agradaba, porque habían llegado a un punto de amor y respeto digno de ser admirado.

Así transcurrían los días, además, naturalmente, de cuidar y ayudar al travieso de la familia, Juan. Aun en el instituto, se sentía muy feliz con Pablo y tita Cata; los quería como si fuesen sus verdaderos padres y el querer era mutuo. Siempre estaban pendientes de él por si necesitaba algo. Sufrían porque era el último año de instituto y no les decía nada de lo que quería hacer después, pero no querían agobiarlo. Querían que terminase el instituto como hasta ahora lo había hecho siempre, con muy buenas notas, y después veríamos lo que sucedía.

Este curso para todos era muy importante. Estaban a las puertas de la Navidad y, de momento, era el último año que sabían con certeza que podrían pasar esas fiestas tan familiares juntos.

Alma se puso en contacto con su hermano Juan y decidieron que, antes de ir a casa para Navidad, ella se encargaría de comprar un regalo de Navidad y Reyes para Cata y Pablo. Claro, Juan estuvo de acuerdo; es más, le dijo que él tenía algunos ahorrillos y quería participar. Le hizo mucha ilusión por todo lo que Cata, y ahora también Pablo, hacían por ellos. Pero Alma, que era muy lista, no le dijo nada a Juan de lo que tenía pensado, porque estaba segura de que entonces ya no sería una sorpresa.

Todos los días, hasta que llegaron las vacaciones de Navidad, Juan llamaba a su hermana para preguntarle si ya tenía los regalos. Ya la tenía martirizada, pero conocía a su hermana y sabía que no le sacaría ni una palabra. Él, por si acaso, lo intentaba, hasta que la hermana tuvo que decirle que, por favor, tuviese en cuenta que solo le faltaba un examen y tenía que estar muy concentrada; que tendrían mucho tiempo para hablar. No es que le hiciese mucha gracia, pero aceptó y respetó la petición de su hermana.

Por fin terminaron los exámenes. Alma ya tenía todo a punto: la maleta, los regalos, todo... esperando el momento de partir hacia «su pueblo». Alma se dirigió al aeropuerto de Sevilla con destino al aeropuerto Federico García Lorca, el más próximo a Jaén, donde Pablo, como cómplice, le estaría esperando.

¡Qué alegría! Se le salía el corazón del pecho y eso que aún no había visto a su madre y a su hermano. Desde siempre ellos habían aceptado y dado mil veces gracias porque para ellos eran todos una familia que se quería y respetaba.

Faltaban unos días para la Nochebuena, donde celebraban la tradicional cena. No había misa de doce todos los años porque el cura cada año celebraba esa misa en pueblos diferentes, pero ante la tardanza de los Reyes Magos, todos esperaban a Papá Noel en Nochebuena. Alma ya se había encargado de esconder todos los regalos para disfrutar esa noche de ellos. Todos colaboraron en la preparación de la cena y, previamente, habían montado un Belén muy bonito donde Papá Noel dejaría esa noche los regalos. Ya hacía mucho tiempo que no celebraban de esa forma tan tradicional la Navidad y las ganas les podían. Lo hacían así por si acaso para Reyes alguien no estaba; así ya tenían algo hecho de antemano todos juntos.

Cata, sobre todo en esas fechas, se acordaba de sus verdaderos hermanos, pero era prácticamente imposible poder juntarse con ellos. Se felicitaban, pero estaban muy distanciados unos de otros físicamente, repartidos por países diferentes. Ella no se olvidaba nunca de fechas muy señaladas y de los cumpleaños de todos.

El día de Nochebuena de buena mañana, por no decir de madrugada, todos los años desde que Cata estaba en casa preparaba en una gran caldera un buen puchero de Navidad. Cuando estaba terminado, entre dos hombres lo llevaban a la iglesia para que quien no tuviese los medios suficientes no se quedase sin el apreciado «puchero de Navidad».

En casa tenían todo preparado, pero no tenían ninguna prisa. Como tenían todo el tiempo del mundo, se sentaron alrededor de la chimenea con el propósito de hablar de las cosas de la familia y con la intención de que Alma y Juan se soltasen y contasen su vida de estudiantes, anécdotas, el transcurrir del curso, etc.

Alma enseguida empezó a hablar contando un montón de cosas que les iban sucediendo y los amigos que tenían. Cata y Pablo, con un disimulo muy controlado, hacían preguntas para saber de sus vidas: cómo se movían, las compañías que tenían, si estaban a gusto con los estudios... Lo hacían de una forma tan sutil que no se percataban de que les soltaban la lengua como querían.

Alma, con todo su corazón, dijo que ella estaba muy contenta con la elección que hizo en su día y que, cuando terminase, además de trabajar con niños, quería seguir estudiando para hacer más cosas; era muy responsable. Ya metidos en el ajo, esperaban que cuando Alma terminara de hablar Juan se lanzaría y por fin les contaría sus deseos y propósitos de estudios. Se movió de la silla y se sentó en el suelo junto al fuego, como para prepararse y contarles lo que llevaba metido en su cabeza.

Todos disimulaban, pero esperaban que soltara la bomba que tanto tiempo llevaba en su mente sin haber soltado una palabra. Por fin dijo con una seriedad que no le caracterizaba: «¡Pablo, tita Cata, yo quiero conducir un autobús!».

Al final de las risas y las bromas (que para él no lo eran pues, aunque provocara la risa de todos, él hablaba muy en serio y siempre lo había hecho), tuvieron que plantearse que de momento se sacase todos los carnés de conducir y verían cómo se desarrollaba el asunto. Así quedaron y, de momento, Juan consintió. Terminó la charla porque los estómagos estaban deseando cenar y algunos deseando saber qué tal se había portado Papá Noel ese año.

Daba gusto ver con qué solemnidad habían preparado la gran mesa para la cena que, junto con el Belén, las luces y los adornos, formaba una preciosa estampa navideña. Antes de empezar a cenar, Cata, a la que no se le escapaba nada, pidió por favor a todos que escuchasen un momento. Sin dramatismos ni de forma triste (todo lo contrario), pidió que cada uno se acordase de todos los corazones que llevaban dentro, de los que ya no estaban. Sin hablar, les hiciesen llegar cada uno a su manera que, allá donde estuviesen, podían estar tranquilos porque ellos estaban todos juntos y muy felices. Aunque siempre se acordaban, ese día querían que fuese especial por ser Navidad.

Disfrutaron todos de la cena acordándose, como habían hablado, de los que no estaban presentes. Fue una noche muy nostálgica y bonita; creo que todos la guardaron en un rincón especial, pues nunca habían tenido una Nochebuena como esa.

Terminó la cena y llegaron los turrones y los regalos, el momento deseado por algunos más que otros. Juan no sabía nada, pero su hermana lo llamó para que le ayudase y salieron al salón cargados con grandes cajas. Directamente se dirigieron a Cata y Pablo, les dieron un gran abrazo y les felicitaron las Navidades, entregándoles lo que les habían comprado con gran esfuerzo.

La sorpresa fue mayúscula cuando Pablo abrió el paquete y se encontró con una guitarra eléctrica. Tuvo que sentarse de la emoción que le dio; no podía pronunciar palabra. Cata, al destapar el suyo, se encontró con la grandísima sorpresa de tener en sus manos un móvil de última generación al que no le faltaba de nada. Le explicaron que sabían que ella lo necesitaba porque se encargaba de todos los trámites, llamaba a todos y hacía todo, y el suyo estaba ya más que obsoleto. Lo de la guitarra fue una casualidad: Alma oyó una conversación de Pablo con su madre sin que la vieran y este le comentaba que le haría ilusión aprender a tocar la guitarra, que igual se lo plantearía. De esto ya hacía tiempo, pero el momento era ese.

Les brillaban los ojos, estaban muy contentos y no sabían cómo darles las gracias; sobre todo Pablo, que parecía un niño con zapatos nuevos. Casi se olvidan de que ellos también les tenían una sorpresa, así que salieron corriendo hacia su habitación a por sus paquetes. A Juan se le iluminó la cara. Sacaron tres paquetes, uno para cada uno, que eran iguales: una bolsa-maleta de piel preciosa. Sabían el rendimiento que le iban a dar y era algo de mucho provecho. El tercer paquete se lo dieron a Alma, que quedó impactada, pues sabía que su madre no era capaz de hacer de menos a su hermano pero no dijo nada. Por fin Pablo dijo: «Querido Juan, si quieres ver tu otro regalo, nos tienes que acompañar porque no podemos sacarlo».

De repente dio un salto de la silla y estaba dispuesto para irse cuando lo tranquilizaron y le dijeron que no podía «correr» mucho. La sorpresa fue majestuosa: abrieron una habitación y apareció una gran cama nueva, pero camuflada dentro de un gran autobús al que no le faltaba ningún detalle. Lo habían encargado a medida para que dentro estuviese la cama, pero por fuera era una copia exacta de un autobús: faros, intermitentes, espejos, cambio de marcha, radio, ventanillas... todo, todo, todo. Los gritos se debían oír en todo el pueblo.

Así pasaron unas Navidades de ensueño: felices, alegres, en familia, con amigos del pueblo. Cuando acabaron las fiestas, ya tenían todo preparado para marcharse: Alma a la universidad y Juan al último año de instituto.

Ya cada uno con sus obligaciones, pasaban los días. Pablo solo dejaba la guitarra para comer y para ir al instituto a llevar y recoger a Juan; el resto era practicar con la guitarra como si tuviese ahora veinte años, o quizás con más ilusión.

Estaban ya en mitad de febrero y Cata recibió una llamada de una aldea algo lejana del pueblo. Parecía que no pintaba muy bien, tal y como la estaban reclamando.

Ella siempre tenía sus maletines a punto y rápidamente se puso en marcha, quedando tranquila de que Pablo se encargaba de Juan.

Tras varias horas de viaje, al fin llegó, pero inmediatamente no le gustó lo que vio. Todos trataban de explicarle lo que sucedía, pero ella hizo callar a todos para concentrarse en lo que veía y en lo que podía hacer, que en realidad fue poco. Se trataba de una chica de veinticinco años, embarazada, pero que ya llevaba mucho tiempo sangrando porque nadie sabía qué hacer y se habían retrasado bastante en pedir ayuda. Cata luchó y luchó para intentar salvar a la madre y al hijo, pero ese día la desgracia se alió con todo.

Primero trató de parar las hemorragias. Cuando pareció haberlo conseguido, quería hacerle una cesárea urgentemente para ver si podía conseguirlo. Yamira, que era la madre, la cogió del brazo e hizo prometerle que cuidaría de su hija; sabía que estaba terminando, que le quedaba un hilo de aliento. Cata se lo prometió y entonces Yamira sonrió y cerró los ojos para siempre.

Había salvado a la niña, pero Dios quiso llevarse a la madre, que gracias a Cata se marchó tranquila y relajada, pudiendo haber visto por un momento a su hija. Desde allí mismo hizo todos los trámites para el funeral y para amistades para poder hacer la adopción legalmente. Después de pensar en la adopción de la niña, que era hermosa, verdaderamente hermosa, empezó a tirar de influencias para que la adopción pudiese ser legal y lo consiguió.

Pensando mucho, decidió que se llamaría María, como la Virgen. Estuvo unos días para ver si podía averiguar más cosas (familia, conocidos, algo...), pero no lo consiguió. Los habitantes de aquel lugar le contaron que hacía unos días que Yamira llegó a la aldea sola con su tripa y deshidratada; todos intentaron ayudar, pero era muy tarde para ella. Y ese fue su fin. Gracias a Dios, no el de su hija, que con la habilidad de Cata pudo salvarla y, como le prometió a la madre, hacerse cargo de ella.

Ya en marcha hacia el pueblo, se había provisto de biberones, pañales y algunas sábanas que le dieron las mujeres. Durante la marcha, María empezó con unos lloros que daban pena. Cata paró, le preparó un biberón y fue una calma total la que siguió. Agotada, por fin llegaron a casa y empezó a contarle a Pablo todo lo ocurrido. Dejó la guitarra en su funda y se dedicó a ayudarle a Cata a organizar las cosas para María.

Decidieron que no les dirían nada a sus hijos de momento porque quedaban muy pocos días para que viniesen a casa y sería la sorpresa de su vida. No querían que se aceleraran y ocurriese algún imprevisto. Bueno, Juan se enteraría por la noche cuando lo recogieran del instituto. Nadie puede imaginar la cara de Juan al ver a su hermana y al contarle todo su madre; mira que era difícil que Juan callara, pues no pudo reaccionar. No le salían las palabras, pero su cara expresaba la sonrisa más hermosa que se pueda imaginar.

Cuando pasaron unos días, fue asimilando todo y no cabía de gozo de decir que tenía una hermana pequeña que se llamaba María. Ni que decir tiene el día que llegó a casa Alma: cuando se encontró con el crecimiento de la familia, estaban todos que se les caía la baba. María era un ángel: no lloraba, solo cuando tenía hambre; empezaba a sonreír, era el juguete de la familia. Les había traído una alegría que inundaba toda la casa.

Llegaron las vacaciones de Semana Santa y Pascua, y rápidamente acudieron a casa porque ya sabían todos que María estaba en casa y querían estar con ella el mayor tiempo posible. Todos querían verla y jugar con ella; miraba a todos, pero su preferido era Juan, que estaba con ella al menos un rato todos los días.

Cuando se dieron cuenta ya estaban a las puertas de los exámenes finales: nervios, agobios y muchas horas de estudio, pero todos consiguieron aprobar y eso significaba cambios a los que esperaban poder adaptarse de forma positiva. Ahora sí que tocaba ya que Juan se decidiese, porque tenía que arreglarle su hermana todos los trámites en la universidad para la matrícula del próximo curso antes de dejar Sevilla y marchar para su casa, que nunca había tenido más ganas de llegar que en esa ocasión.

Los hermanos pequeños de Cata a los que ella había criado se pasaron por Villatorres para conocer a su sobrina María, pero lo mejor fue la llegada a casa de Alma: no podía ver lo que tenía delante ni asimilar que era su hermana. Se enamoró de esa cosita en el momento de verla.

Cata les prometió que harían una fiesta para bautizar a María y que les gustaría que los padrinos fuesen Alma y Juan, sus hermanos. Parecía que se acababa el mundo: querían hacerlo todo ya. Juan dejó muy claro que a él lo iba a querer más porque él la pasearía y jugaría con ella en su autobús. Bueno, bueno, la que lio María al llegar a aquella casa; ya estaban todos de vacaciones y no había bastante niña para todos.

Con toda la humanidad que caracterizaba a Cata, esta propuso que creía que debían ir a la aldea donde nació María y estaba enterrada su madre para mostrársela y que viese lo hermosa que estaba. Era algo simbólico, pero pensaba que se lo merecía su madre, Yamira. Todos aceptaron gustosos y para allá que fueron todos. Aunque María no comprendía nada, para Cata era algo muy significativo porque sabía que en algún momento tendrían que explicarle su historia. De regreso a casa era como si hubiese cumplido un propósito que ella misma se había impuesto y quedó más relajada y tranquila.

Nada más entrar en casa le sonó el móvil a Cata: era de su querido hospital. La reclamaban para una operación de corazón que nadie se atrevía a hacer por su gran complicación. Cata no pudo decir que no, pero esta vez se iba con mucha pena, ya que la pequeña María estaba adaptándose aún a este mundo. Era una niña muy buena, se reía solo con mirarla. Cata estaba triste por tener que dejarla, pero todos a la vez, llenos de euforia, le decían que se fuese tranquila, que no la iban a dejar ni un minuto; todos estarían pendientes de ella, no tenía de qué preocuparse.

Al fin entendió que, preocupada o no, tenía que marcharse. Eso era indiscutible estando en sus manos la vida de una persona. Pero todos, conociendo a Cata, sabían la letanía que tenían que escuchar antes de que marchase. Fue todo muy rápido: el material siempre estaba a punto en su coche, cogió lo justo en una pequeña maleta y como un rayo salió, ya preparando la intervención en su cabeza. Directa al llegar al hospital, ya la acompañaron al quirófano. Todo a punto. Se preparó: lavado estricto de manos, un escuadrón ayudando a vestirse, colocarse guantes... Dio un vistazo al material quirúrgico y, al ver que tenía todo bien ordenado, comenzó la intervención.

Razón tenían cuando le dijeron que era muy complicado y nadie se atrevía con esa intervención. La paciente había tenido varios infartos y, mientras la trasladaban al hospital, tres paradas. Entró muy, muy apurada, pero todos respiraron cuando en el quirófano entró «Santa Cata», como la llamaban en el hospital. Le iban contando, pero cuando ella hacía una mínima señal todo el mundo cerraba la boca hasta para respirar. Era la primera vez que Cata empezó a ponerse nerviosa durante la intervención.

Pero reflexionó unos segundos y siguió con ello. Cambió válvulas, cosió arterias; fue una grandísima reparación.

Al final consiguió que ese corazón latiese de nuevo. Doce horas sin salir del quirófano y sin dejar a la paciente. A todos los que estaban con ella en el quirófano les caían las lágrimas de ver la paciencia, bondad, generosidad y empeño de la doctora Cata. Nadie pensaba en ningún momento que podría salvar a esa paciente y, al terminar, estaba casi derrumbada, pero aun dio gracias por haberlo conseguido. Increíble para todos los que estaban allí, pero la vieron tan al borde del desvanecimiento que nadie se atrevió a acercarse a ella para darle la enhorabuena.

Cuando hubo descansado un poco, bebió y la hicieron comer algo. Empezó a recuperarse rápidamente y entonces sí que se acercaron todos para felicitarla. Cuando se recuperó, le vino inmediatamente a la mente su hija pequeña, María. Hasta que no habló con Pablo, al que llamó en cuanto se cambió en el hospital, no quedó tranquila. Pero con el agotamiento que llevaba encima por el esfuerzo, pensó e hizo bien en decidir que iba al hotel; necesitaba dormir. Cuando despertara, volvería al hospital para ver cómo estaba la paciente y, si todo estaba bien, ya se marcharía hacia el pueblo. ¡Cuánto echaba de menos a la familia, pero sobre todo a la pequeña María!

(Cuando nacemos tenemos un destino cada uno que, a veces fácil, a veces difícil, no lo podemos cambiar. Debemos aceptar lo que nos toca a cada uno, pero si se acepta con amor, con generosidad, con empatía, con agradecimiento, con ilusión, como lo había hecho Cata toda su vida desde pequeña, es el mejor regalo que nos puede dar la vida).

Por fin Cata, después de asegurarse del estado de la paciente y ver que se recuperaría muy bien (como siempre montones de órdenes, medicación y todas las instrucciones pertinentes), se despidió de todos en el hospital. Pasó a recoger lo que había dejado en el hotel y partió rápidamente hacia el aeropuerto, que la llevaría a Jaén donde había dejado su supercoche, y comenzó a conducir hasta Villatorres, su pueblo del alma.

Cuando llegó a casa estaba cansadísima después de todo lo que había tenido que hacer en tres días. Nadie, ni Juan ni Pablo, la dejaron hacer nada; le pusieron la cena en la mesa y se encargaron de todo. En esos momentos se oyó una vocecita que parecía que estaba cantando y a Cata le cayeron dos lagrimones. Fue corriendo a coger a María, se la comía a besos y Juan intervino diciéndole: «Que sea la última vez que la cojas de la cama cuando esté durmiendo», cosa que causó la carcajada de todos. Estuvo un rato con María y la acostó de nuevo; era tan buena que volvió a dormirse enseguida. Cenó poco, estaba más cansada que hambre tenía, y se sentaron en el sofá contándole a Pablo todo lo ocurrido. Cuando ya no aguantaba más se acostó y no se despertó hasta el día siguiente.

Cuando se levantó al día siguiente, se sentaron a desayunar, María también con su biberón que ya había aprendido a sujetarlo ella sola con sus manitas. La alegría era la nueva invitada en la casa. Faltaba poco para terminar exámenes y volver al pueblo, pero había mucho que hablar antes; había que tomar decisiones importantes y por eso esperaron a que todos estuviesen ya en casa.

En cuanto terminaron las clases, Juan ya estaba en casa y esperaban a que llegara Alma. El pueblo ya iba cambiando de aspecto: todos acudían para pasar el verano. Juan ya había saludado a algunos amigos pero, aunque parezca raro, prefería estar en casa. María le acaparaba todo el tiempo y también era feliz ayudando a su madre. También salía algún rato con los amigos, pero no era su mejor propuesta; era feliz con su hermana María, con su madre cuando estaba en casa y escuchando a Pablo, su padre, tocar la guitarra; lo hipnotizaba.

Finalización de curso, regreso a casa, todos juntos. María se encargaba de que en la casa se palpase la felicidad de todos. Ya los conocía: cuando le hablaban se volvía a buscar la voz y sonreía a todo el mundo. Empezaba a balbucear y a todos se les caía la baba.

Cata, ese día en la comida, sacó la conversación y les dijo a todos que, si querían celebrar el bautizo de María, tendrían que espabilar o se les pasaría el verano y cada uno se tendría que marchar a sus obligaciones. Bueno, ¡qué había dicho Cata! Todos se volcaron enseguida y todos querían hacer de todo, pero Cata dijo:

—Coged una libreta y un boli y vamos a ir anotando todo lo que hay que hacer.

Todos empezaron a dar ideas, aunque a pocos bautizos habían ido para saber lo que se necesitaba, pero a todos se les ocurrían cosas. La voz mágica de Cata fue la primera que puso un poco de orden en la escena, porque era imposible entender nada si todos hablaban a la vez.

—Lo primero que hay que hacer es ponernos en contacto con el párroco, porque no sabemos cuándo podrá venir al pueblo, ya que todos conocéis que también acude a otros pueblos. Hay que hablar con él y el primer día que pueda celebraremos el bautizo. Pero cuando sepamos el día...

—Alma y Juan, ¿qué podemos hacer? ¿Podemos invitar a nuestros amigos? ¿Podemos hacer una fiesta y poner globos y lazos? Yo vi en la tele que en un bautizo los padrinos tiraban caramelos y toda la gente los recogía.

—Bueno, bueno, vamos a tranquilizarnos. Apuntad: hablar con el párroco, poner la fecha, comprar un precioso traje para María, comprar muuuuchos caramelos para tirarlos a todo el mundo al salir de la iglesia, decidir a quién hay que invitar al bautizo, pensar qué haremos de comida y dónde lo celebraremos.

Tuvieron que darse prisa porque el cura les dijo que, si no era el próximo domingo, ya tendría que ser al mes siguiente. Como era verano y hacía muy buen tiempo, pensaron en que podían poner un toldo en la calle. En la puerta de su casa prepararon una mesa en la que no faltaba de nada; así podía participar todo el pueblo. Comenzaron a llegarles regalos en forma de tartas y dulces artesanos que preparaba la gente más mayor con recetas de sus madres y abuelas, patuquitos que hacían de punto las mujeres, vestiditos para María... Aquello que querían que fuese algo familiar se convirtió en una gran fiesta, pero pensaron: «¿Cómo vamos a negarnos si todo el pueblo somos una gran familia? Y más en las circunstancias en que María había llegado al pueblo».

Y no tuvieron tiempo para mucho más: llegó el domingo y acudieron a la iglesia padres, padrinos, familia y todo el pueblo. Nadie quería perderse ese acontecimiento. Terminó el bautizo y allí estaban todos alrededor de la mesa que prepararon en la puerta de su casa y por toda la calle, porque de allí no se movía nadie. Pusieron música (nadie sabía de dónde) y todos bailaron y disfrutaron. Hasta que empezó a anochecer nadie se movió; fue un maravilloso día, inolvidable para todos. Nadie sabía dónde estaba María: iba de brazo en brazo todo el día, riendo y haciendo palmas.

Llegó la tranquilidad. La casa estaba mucho más relajada. Parece ser que se habían terminado los acontecimientos más importantes y ya se notaba un poco más de calma, aunque con Cata todo era imprevisible. Nunca mejor dicho: cuando se sentaron en el salón después de comer, sonó el móvil de Cata. Todos imaginaron enseguida de qué se trataba. Efectivamente, era de su querido hospital, pero parece ser que era algo muy grave y quedaba poco tiempo. Le dijeron que ya habían salido para recogerla y la estarían esperando en el aeropuerto; tenía billetes y todo preparado para que no perdiese ni un minuto.

Llegaron al hospital y se dirigieron directamente al quirófano. Cata se preparó; como siempre, la cambiaron en volandas y rápidamente estaba frente a la mesa de operaciones. Pero la maldita sorpresa fue que vio que se trataba de un bebé igual que su hija María, más o menos, y sintió una responsabilidad tan grande que, por unos segundos que pasaron inmediatamente, se paralizó. Pero rápidamente preguntó qué había pasado y, tal como iban contándole, ella lo primero que hizo fue estabilizar a la niña y empezó a buscar. Sudaba como nunca lo había hecho; solo pensaba que una criatura así tenía mucha vida por delante y tenía que hacer el mayor esfuerzo de su vida para conseguir salvarla. Nadie de los que estaban allí creía que podría salvarse.

Después de doce horas de quirófano, transfusiones y todo lo que pudo intentar, pareció parar unos segundos para respirar y, sin volver la cara hacia nadie, dijo: «Parece ser que Dios estaba hoy de guardia; creo que lo hemos conseguido». Cuando se aseguró de que todo estaba bien, inmediatamente dio la orden de que preparasen una camita en cuidados intensivos (UCI) para trasladarla inmediatamente.

«Santa Cata», como la llamaban en el hospital, acompañó también a las enfermeras y auxiliares hasta la UCI. La recolocó, se percató de que todo funcionaba bien, revisó todos los cables, aparatos, todo… y de momento todo funcionaba bien. Les dijo a sus enfermeras de confianza que no podía más con el cansancio y el estrés de la intervención, que estaría en el hotel de siempre, pero que al mínimo cambio que notasen la llamasen inmediatamente. Se quedó sobre la cama más exhausta que nunca y se quedó dormida en segundos.

Cuando su cuerpo se recuperó y despertó, se dio cuenta de que ya era por la mañana, pero necesitaba ese descanso. El esfuerzo había sido tremendo, con varias complicaciones, y también estaba emocionalmente muy agotada. Pero sabía que no podía permitírselo y, tras una buena ducha, se arregló, preparó su equipaje y fue directa al hospital. Le contaron cómo había pasado la noche y se asomó una sonrisa en su rostro. Se acercó para hablar con los padres y pedirles disculpas por no haber hablado con ellos después de la operación, como es lo que habitualmente se hace, pero ella le dio preferencia a la niña, a asegurarse de que en la UCI estaría correctamente cuidada. Tenía que dar todas las órdenes pertinentes y pensó que, aun sintiéndolo mucho con los padres, que ya les habían informado otros médicos, tendría tiempo de hablar. Y así se lo contó a los padres. También les dijo que prefería que estuviese unos días más en la UCI para la tranquilidad de todos y, como era de esperar, los padres entendieron todo y estaban plenamente agradecidos; repetían gracias y gracias cientos de veces.

10

Esta vez esperó tres días antes de marchar para el pueblo, porque no se quedaba tranquila hasta no asegurarse bien de los resultados de la complicadísima operación. Cuando vio que todo iba bien, ya empezó a despedirse y ese día, el tercero después de la operación, salió con destino a su pueblo, que es donde le esperaba la ilusión de su vida: sus hijos y su pareja Pablo, que en su ausencia se encargaba perfectamente de todo.

Vivían plenamente la tranquilidad del pueblo. Salían a pasear todas las tardes con María por los campos; eso era un regalo poder hacerlo. En las capitales no tenían la suerte de poder respirar ese aire de los campos de olivos, de las huertas; eso les llenaba el alma.

En pleno verano, disfrutando de los amigos (cada año tenían más amigos para disfrutar), Alma tenía un viaje programado con los compañeros de universidad. Estaba muy contenta; solo lo sentía porque se perdería estar con la muñeca de la casa, María, que ya estaba preciosa y conocía a todos, pero era algo diferente, especial cuando se trataba de Juan: se volvía loca con él.

Una tarde, después de comer, Cata se tendió en el sofá y comenzó a recapitular su vida. Se dio cuenta de todos los momentos difíciles que había pasado, pero cerró los ojos y, por un momento, parecía que toda su vida pasaba por delante de sus ojos. Abriéndolos y con una sonrisa que se dedicó a ella misma, pensó: «Si volviese a nacer, me gustaría que toda mi vida fuese igual a esta que me ha tocado vivir; no cambiaría nada». Cerrando los ojos se quedó dormida en el sofá hasta que oyó un murmullo y risas. No dudó en dar un salto del sofá para ver lo que pasaba: estaban todos disfrutando de los primeros pasos que María daba por sí misma, a la vez que hacía palmas como para celebrar las risas que escuchaba de todos.

Ahora las risas en la casa estaban muy presentes con María, que no paraba de chapotear palabras y era el alma de la casa. Eso hizo recapacitar a Cata y se puso a pensar que, cuando comenzara el curso, se quedaban solos, porque Alma y Juan ya estarían en la universidad y solo María les haría luchar por conseguir esa felicidad tan necesaria en las familias. Por suerte, María parecía ser única: les aumentaba las ganas de vivir no solo a ellos, sino a los vecinos, a todos... María fue un milagro que Dios quiso regalarles.

Cata era tan previsora que, aun a mitad de verano, empezó a preparar todo lo que necesitaban para el nuevo curso Alma y Juan. Ya habían decidido que Juan viviría en el piso que compartía Alma con otra compañera y eso le dio mucha tranquilidad a Cata.

Como el sueño de Juan todos lo conocían desde pequeño, estaban inquietos por ver hacia dónde se decantaría con los estudios. Por fin, en el último momento en que podía matricularse, todo serio les dijo:

—Ya que no puedo conducir un autobús profesionalmente, seré conductor de aviones, piloto de aviación.

Aquí no hubo risas: se quedaron todos mirándolo, intentando procesar lo que acababa de decirles. Cata le dijo:

—Juan, cariño, ¿tú estás seguro de lo que estás diciendo?

—Perfectamente. Ya lo sé hace mucho tiempo, pero no quería romper el encanto de la ilusión del autobús. —Y les dio un abrazo a todos.

Su hermana Alma le averiguó todo lo que necesitaba: documentos, todo el papeleo necesario. De nada servía la idea de compartir el piso en Sevilla, puesto que, después de toda la información que Alma averiguó, tenía que dirigirse a Málaga. Allí estaba la mejor escuela oficial de pilotos de España, One Air, Aesa, Gobierno de España, Ministerio de Fomento, galardonada como la mejor de España por tercer año consecutivo.

Alma lo arregló todo; ni Cata ni Pablo tuvieron que preocuparse de nada, ya estaba todo solucionado. Esperando para comenzar el curso, seguían disfrutando en el pueblo lo que quedaba de verano, todos muy felices. Al pensar en ello, Cata tuvo un presentimiento al que no quiso darle importancia, pero ella tenía un sexto sentido y pocas veces se equivocaba.

Como si fuese una adivina, pronto llegó una llamada alarmante: era desde la aldea que creó ella en Etiopía. Parece, por lo que le contaron, que era muy grave; estaba muriendo mucha gente, gente que ella conocía. No sabían el motivo, pero ella dedujo que sería debido a alguna epidemia que había alcanzado a la aldea. Lo habló con Pablo para ver cómo debían actuar, pero Cata no se quedaría de brazos cruzados; vamos, eso era seguro.

Se plantearon varias opciones. Pablo propuso ir él hasta Etiopía y que Cata se quedase cuidando de María y los demás hijos si la necesitaban, pero ella no aceptó la idea. Ella era de combatir desde primera fila; la retaguardia no entraba en sus planes. Entonces Pablo le dijo que no pasaba nada, que él cuidaría de María, la casa, los demás hijos; que podía marcharse tranquila si es eso lo que quería.

Con todo el dolor de su corazón, así lo decidieron al final. Ella confiaba plenamente en Pablo; sabía que estaba capacitado para todo. Comenzó a llamar a hospitales para recaudar el mayor número posible de antibióticos, vacunas, medicamentos y todo lo que pudo enviar en un cargamento por delante de ella. Cuando lo tuvo todo localizado, llegó el momento de despedirse y multiplicar la preocupación por María, pero se tranquilizó: su padre también era médico y sabía cómo actuar ante cualquier contratiempo.

Cata, desde el aeropuerto de Sevilla, viajó hasta Madrid y luego hizo transbordo directo hasta Etiopía. En el mismo aeropuerto alquiló un todoterreno para llegar hasta la aldea con su equipaje, puesto que toda la carga de medicamentos ya hacía unos días que había llegado. La gente de confianza que dejó ella ya lo había organizado todo en el almacén que construyeron a propósito para ello, junto a la consulta, que era donde atendían a los enfermos, pero que en aquel momento era insuficiente para el panorama que se encontró al llegar.

Inmediatamente se pusieron a montar las tiendas de campaña para poder atender al mayor número de gente y poder separarlos según la gravedad. Montaron las tiendas, las camillas; tuvieron que protegerse con trajes y mascarillas porque no sabían aún a lo que se estaban enfrentando, pero tenían que movilizarse lo más rápido posible.

Seguían llegando más materiales y medicamentos de diferentes lugares a los que Cata había lanzado un SOS. También algunos voluntarios iban llegando, que resultaron como agua del cielo. Consiguió que se movilizasen especialistas en epidemias, químicos y analistas. Cómo vería Cata la situación para montar todo lo que estaba haciendo; finalmente, montaron un espectacular hospital de campaña y parecía que habían, al menos, paralizado los contagios. Pero la gente que ya estaba contagiada estaba muy mal: algunos los veían agonizando, otros con más fiebre.

Tal como iban pasando los días, parece que Cata veía un rayo de luz que comenzaba a querer mostrarse sin demasiado entusiasmo, pero algo era algo. A los enfermos se les tenía que alimentar, darles agua mojándoles la boca, lavarles… era un cuidado constante para que no volviesen a empeorar.

Por desgracia, notaron que algunos de los voluntarios, cuidadores directos de enfermos, comenzaron a mostrar algunos síntomas, lo que fue una gran causa de preocupación. Cata no paraba de pedir medicación a España: antibióticos, goteros, todo lo que pudiese servir para buscar algo de mejoría. Pero Cata sabía que, hasta que no encontraran la causa, no podrían atacar al culpable de aquella masacre.

En unos minutos que Cata se sentó a descansar porque vio que desfallecía, se puso a pensar y parece que alguien desde arriba la iluminó. Aunque ella también estaba con fiebre, no decía nada porque entonces serían dos manos menos. Pero quería poner en práctica la idea que había tenido porque se veía mal y quería poder hacerlo antes de estar peor.

Llamó a técnicos especialistas para que analizaran el agua de todos los pozos donde cargaban el agua y no hizo falta que pasara mucho tiempo para que descubriesen que el agua estaba totalmente contaminada, envenenada. No sabían ni cómo ni cuándo, pero así era. Rápidamente, tapiaron todos los pozos accesibles, tiraron toda el agua que tenían en las casas y se advirtió a todo el mundo que no probasen ni una gota.

Ese mismo día ya llegó una cuba de agua potable inmediatamente después de que Cata pidió auxilio y, seguidamente, iban llegando cubas de diferentes lugares todos los días. Cata estaba peor, pero ella quería aguantar hasta que no pudo más. La hicieron acostar en una cama en el centro médico que se hizo cuando ella llegó por primera vez.

Pero no la hacía callar ni Dios: mandaba desde su relativo reposo todo lo que tenían que hacer. Les dijo que todo el mundo lavase todos los utensilios de las casas que habían utilizado con el agua contaminada. Les dijo que lavasen la ropa con agua hirviendo; todo lo posible para que fuese desapareciendo todo el gran problema de la epidemia. Poco a poco iban mejorando algunos de los contagiados; otros no pudieron superarlo. A los fallecidos tuvieron que incinerarlos para evitar la propagación de más infecciones. Se lavó todo con el agua que traían en las cubas y lejía, y toda la gente también se tuvo que lavar con desinfectante y el agua que iba llegando.

Al pasar los días se fue normalizando la situación. Cata ya se levantó por prescripción propia y siguió ayudando a gente que aún estaba bastante mal. Cuando se vio que la situación estaba más o menos controlada, Cata tuvo que ir a otros poblados que habían pedido ayuda. La gravedad no era tanta como en el otro poblado, pero hubo que atender a las personas más afectadas y repetir el ritual de hacerles hervir todo, lavar todo con el agua de las cubas que iban llegando a todos los lugares que podían.

Controlada la situación, Cata regresó al poblado que ella sentía como suyo, pues fue el primero que levantó al llegar, el primero al que enseñó a su gente a sobrevivir, el primero en el que todos la adoraban y seguían haciéndolo.

Cata pensó que ya podía regresar a su casa; allí ya tenían todo lo necesario que pudiesen necesitar. Entre unas cosas y otras estuvo diez días por aquellos «mundos». Llamó por primera vez a casa desde que llegó para decir que esa misma tarde iniciaba su regreso.

11

Cuando Pablo calculó que era la hora de llegar del viaje, se asomó con María de la manita para esperarla; pero tuvo que regresar a casa porque se hacía muy tarde para la cena y no llegaba.

Lo preocupante fue que, a la mañana siguiente, aún no había llegado y no contestaba a las llamadas del móvil. Pablo ya se temía que algo había ocurrido porque aquello ya no era normal. Intentó ponerse en contacto con el compañero que sabía que estaba con ella en el poblado. Este solo pudo confirmarle la hora a la que salió del poblado, pero no sabía nada más. Empezaron las alarmas. Trataron de buscar el todoterreno que conducía Cata, pero, hasta donde podían llegar los del poblado, no encontraron nada que no fuese normal.

Se alertó a las autoridades y empezaron las búsquedas. Se montaron equipos en distintas direcciones. Aquello se volvió cada vez más preocupante: ninguna señal, nada, como si se la hubiese tragado la tierra. Se intensificaron las búsquedas; ya todos temían lo peor. Por donde podía pasar un coche, por ahí se metían, pero nada de nada. Cualquier camino que intuían era rebuscado: no quedó piedra por mirar.

Pablo en casa hacía arder el móvil, pero sin resultado. Se planteó irse él; pensó en ello, pero sabía que Cata no le perdonaría que dejase a la pequeña María con nadie. Entonces solo le quedaba rezar y esperar a que todo se solucionase. Todos sabían que, en el momento que se supiese algo, lo primero sería llamar a su casa.

Al regreso de una de las búsquedas, se encontraron en el camino a unos carros militares que nadie sabía de dónde habían salido. Ni ellos mismos sabían dónde estaban porque no entendían lo que decían; pero, como pudieron, con señas y dibujando con un palo en la tierra, intentaban explicar que habían visto un accidente: un todoterreno dando vueltas hacia el fondo de un barranco, pero sin medios no podían bajar para ayudar.

Todos fueron con ellos hacia el lugar. Ellos les guiaron hasta el punto donde lo habían visto y se dieron cuenta de que no se veía nada, pero por el borde del camino se veía tierra movida y piedras, señal de que allí había pasado algo. Era muy difícil poder acceder, pero empezaron a atarse con cuerdas e hicieron una cadena humana hasta llegar al fondo. Entonces se percataron de que sobresalía una cavidad y también se notaba que había piedras movidas. Desde allí ya vieron que al fondo se divisaba un vehículo y, con el corazón en un puño, llegaron hasta el lugar con el miedo metido en el cuerpo por lo que iban a encontrar.

El coche era el de Cata, pero la sorpresa fue patente al ver que quien iba al volante era un hombre que, por supuesto, estaba muerto, deshecho de la caída, que era enorme. ¿Qué había pasado? Todos se cogían la cabeza. ¿Dónde estaba Cata? ¿Quién era la persona del coche? Se percataron de que el móvil de Cata estaba tirado y destrozado por el coche; de ahí dedujeron el no poder comunicarse con ella. Pensaron que, si ella no estaba en el coche y no la encontraron por el recorrido de la caída, pudiera ser que en el momento del accidente no estuviese en el vehículo. Pero ¿cómo era aquello posible? ¿Qué había pasado? Todos estaban aturdidos de no saber qué había ocurrido, de no saber qué hacer, de no saber por dónde empezar.

Empezaron a llegar unidades del ejército y un despliegue de helicópteros, algo inusual que nunca allí nadie había visto. Cada unidad se desplazaba por direcciones diferentes. Aquello era una agonía, una impotencia que nadie quería entender, como si así no pudiese ser real.

Un día entero se pasaron los helicópteros dando vueltas, pero sin resultado alguno. Cuando ya les dieron la orden de retirarse, un copiloto de uno de los helicópteros lanzó un grito, sin saber cierto qué era lo que estaba viendo. Intentaron acercarse lo más posible y, verdaderamente, eran unos matorrales de los escasos que había por esas tierras; lo que parecía ser un cuerpo sobresalía al verse unas piernas. El helicóptero se separó para no hacer demasiado polvo al descender para ver qué era aquello.

El corazón se les salía por la boca a los dos hombres del helicóptero: efectivamente era la doctora Cata que, aunque medio inconsciente, estaba viva. Parecía que se había escondido allí huyendo del desértico sol abrasador. Pasaron dos días hasta encontrarla; estaba sin agua, pero viva. Rápidamente avisaron por radio desde el helicóptero lo sucedido. Iban a cargarla en una camilla plegable que llevaba el helicóptero y, en realidad, no sabían dónde llevarla, porque ni ellos sabían dónde estaban. Esperaban órdenes para desplazarse. Empezaron a mojarle los labios y poco a poco intentaron darle alguna gota de agua que le dejaban caer; ella, gracias a Dios, respondió apretando los labios para tragar las gotas. Empezaron a llorar de la emoción y ya esperaban que les dijesen hacia dónde dirigirse para llegar al hospital más próximo.

Finalmente consiguieron llegar adonde les habían enviado; estaban esperando al helicóptero a pie de pista (o de tierra, mejor dicho). Tras reconocerla los médicos que allí había, todos llegaron a la conclusión de que estaba en perfecto estado físico; totalmente deshidratada, pero bien. Cuando supieron esto, inmediatamente llamaron a su casa. Entonces Pablo respiró hondo y empezaron a fluir las lágrimas que había sujetado hasta ese momento, dando gracias sin parar y notando un alivio sobre él que no se podía ni describir.

Después de hidratarla con goteros, sueros y todo lo que se podía hacer, empezó a reaccionar. Abrió los ojos y preguntó dónde estaba, pero aún no había recuperado lo suficiente como para poder hablar y contar lo sucedido. Ese día permaneció en observación todo el día en el hospital y, al día siguiente, su compañero de la aldea ya se encargó de llevarla con él a su aldea para cuidarla unos días; así no podía viajar.

12

Cata, tal como iba recuperándose, parecía ir recordando las cosas; pero el golpe fue tremendo y, aunque gracias a Dios no tenía ninguna herida grave, estaba aturdida, pero mejorando.

Pasaron dos días más y ya se encontraba mucho mejor. Entonces empezó a contar lo que había ocurrido a su compañero, no sin antes dar mil gracias a todos por el esfuerzo y la preocupación que tuvieron por ella. Comenzó contando que iba tan contenta porque lo peor habían podido solucionarlo y ya volvía a casa. Ya necesitaba verlos y, sobre todo, a su chiquitina, María, a la que, aunque sabía que estaba muy bien cuidada por su padre, echaba mucho en falta después de tantos días sin verla.

En una de las muchas curvas del camino, le salió al encuentro un hombre con los brazos en movimiento pidiendo ayuda. Cata no se paró a pensar; paró su coche inmediatamente y, sin dejarla hablar, el hombre, con un cuchillo en una mano y con la otra, la cogió fuerte del brazo haciéndola bajar del coche. Le dio un empujón que la hizo caer por el barranco rodando, pero se quedó sujeta e inconsciente en un saliente; eso fue lo que le salvó la vida. El del coche arrancó como quien teme al diablo y, por aquellas carreteras de piedras y baches, se le resbalaron las ruedas y, en menos de un minuto, el coche estaba en lo más hondo del barranco. Allí quedó sobre el volante, muerto en el acto, hasta que lo encontraron gracias a aquella gente que desde lejos vio cómo rodaba el coche en dirección al fondo.

Ya todo lo demás era cosa de la policía, que se encargó de todos los trámites y todas las averiguaciones para solucionar el caso. Cata llegó a casa perfectamente, sin ningún otro incidente y, cuando se vieron ella y Pablo, se fundieron en un abrazo sin poder parar de llorar. Entonces María le tiró de los pantalones a su madre, como diciendo: «Que yo estoy aquí». Cata la apretujó en sus brazos sin parar de besarla, pensando que quizás no la hubiese podido ver más, y ahí ya salieron los lagrimones, la risa, todo junto.

Pablo, cuando ya habían hablado un poco de todo, la obligó sí o sí a que se tumbase a descansar un rato, porque con todo lo que había pasado y el viaje de regreso tan largo, estaba muy cansada aunque ella no quisiera reconocerlo. Pablo se encargó de María: después de darle la comida y cambiarla, la acostó, lo que le permitió a él meterse en la cocina y empezar a hacer varias comidas para que no tuviese que estar Cata cocinando, al menos de momento.

Pasaron los días y, ya con más serenidad, le iba explicando todo lo sucedido en la aldea, en otras aldeas y lo del accidente. Estuvieron horas hablando. Pablo le dijo que no les había dicho nada a los mayores para que no sufrieran o quisieran ir a su casa; pensó que, cuando volviesen, podrían contárselo todo estando su madre ya en casa.

Eran felices. María les daba la luz que necesitaban en sus almas. Salían, cuando hacía buen tiempo, con ella a pasear por los campos y siempre, cómo no, tenían alguna que otra sorpresa; como Cata tenía un corazón tan grande, parecía que todo cabía en él. Por la vereda del camino por el que iban paseando, de repente Cata vio algo que estaba cubierto con un trozo de tela vieja y, cómo no, se acercó para ver lo que era. ¡Sorpresa! Era una camada de perritos recién nacidos abandonados. María comenzó a reír y a hacer palmas, como si fuese el juguete más preciado del mundo. Ellos se miraron, pero sin hablar sabían lo que pensaban. De regreso a casa, María llevaba el carro y arrastraba a los cinco perritos que habían metido dentro para que no cogiesen frío. Ya había aumentado la familia: es lo que sucede cuando no se sabe decir que no a nada.

Los primeros días era de locura: biberones, y María quería dárselos ella; creía que eran sus juguetes. Se reían mucho con ella; era el alma de la casa, el alma de la familia. Faltaban pocos días para las vacaciones de Navidad. Todos estaban esperándolas como si fuese lo más importante del mundo, con unas ganas de hermanita pequeña, pero nadie sabía aún lo que les esperaba con cinco habitantes más en la casa.

Cata se preparó para que no faltase nada los días de Navidad: compró comida, bebida, turrones, regalos... lo estaba disfrutando como jamás lo había hecho antes. Además, recibió la sorpresa de que los dos hermanos pequeños, los que ella había criado, iban a pasar con ellos las Navidades; fue un subidón de alegría. Pero ahora mismo el problema era otro: pensaron en regalar alguno de los perritos, porque cinco perros eran muchos para poder atenderlos bien (comida, enseñarles, pasearlos, por todo). Aquí llegó el problema: María, que era muy lista, comprendió perfectamente lo que comentaron de regalar algunos perritos y, de repente, se dieron cuenta de que María no estaba allí. Empezaron a buscarla y a llamarla, pero nada.

Pablo se percató de que la cuna de los cachorros tampoco estaba, pero nadie escuchó que se hubiese abierto la puerta de la calle, o sea que por lógica tenían que estar dentro de casa. Empezaron a buscar todos y, de repente, quedaron todos con la boca abierta, los ojos con las lágrimas asomándose y la risa en sus caras y en su corazón. En la habitación de Juan, dentro del autobús, estaba la cuna de los perritos y María durmiendo con ellos dentro de su cuna, abrazándolos a todos con sus bracitos. Aquello parecía una postal navideña. Se quedaron todos mirándose, sin reaccionar y sin saber cómo solucionar aquello. De momento la dejaron dormir con su sonrisa puesta junto a los perritos y empezaron a ver por dónde encontrar la solución.

Juan se sentó en el suelo mirándolos hasta que despertasen; no podía apartar los ojos de aquella estampa. Pablo fue a la cocina para preparar algo de comida y Cata se sentó en el sillón y se quedó dormida, como si estuviese en el séptimo cielo.

13

Todos concentrados cada uno en su tarea, Cata durmiendo; de repente, se oyó un estruendo aterrador, un ruido que hizo estremecer a todos. Cata de un brinco saltó del sillón sin saber qué pasaba (el viento había tirado unas macetas que tenían en el patio, destrozándose del golpe). Y Cata, en el piso de estudiantes de Sevilla, se quedó pensando qué hacía ella allí de pie con el libro de anatomía entreabierto en sus manos.

Entonces entendió el gran sueño maravilloso que había tenido y que, como no se diese prisa, llegaba tarde al examen. Cuando despertó del todo su cara era un poema, pero su reacción fue inaudita. Dando gracias dijo: «¡Qué suerte tengo, Dios mío! Tengo dos vidas: la que he soñado y la que vivo en la realidad».

Cogiendo sus cosas en la mochila, se fue corriendo a la universidad para hacer su último examen antes de las vacaciones, pero con una experiencia en su alma que nunca olvidaría. Esto, al terminar el examen, ya en su habitación que compartía en el piso de Sevilla, le hizo pensar mucho y reflexionar, y hacerse muchos propósitos para su vida. Pero nadie pensamos que la vida que tenemos es prestada y algún día hay que devolverla; si nos planteásemos esto, quizá seríamos mucho más felices.

Preparó sus cosas y se dispuso a partir hacia su querido pueblo de Jaén para pasar las Navidades con los suyos.
Jaén, sus olivos, el verde maravilloso de sus olivos, tierra
de trabajo... A veintitrés kilómetros Villatorres, que la vio
nacer, donde estaban sus padres y amigos, donde alegrías
y tristezas irían en su alma metidas. Sin saber lo que le
deparaba la vida, pero el amor por su pueblo y el amor
por los suyos era muy fuerte, y difícil sería poder olvidar
aquello que le había dado la vida. Muy segura estaba ella
de que nada lo conseguiría.

Jaén, levántate brava
sobre tus piedras lunares,
no vayas a ser esclava
con todos tus olivares.

Cuántos siglos de aceituna,
los pies y las manos presos,
sol a sol y luna a luna,
pesan sobre nuestros huesos.

Andaluces de Jaén,
aceituneros altivos,
decidme en el alma quién
quién levantó los olivos.